U0504940

顾　问＼王世华　洪永平

主　编＼潘小平

副主编＼陈　瑞　毛新红

总策划＼金久余

策　划＼潘振球　程景梁

许含章　著

家在大江东复东

JIAZAI DAJIANG DONGFUDONG

全国百佳图书出版单位

时代出版传媒股份有限公司

安徽人民出版社

图书在版编目（CIP）数据

家在大江东复东 / 许含章著 . — 合肥：安徽人民出版社，
2018.6（乡愁徽州 / 潘小平主编）

ISBN 978-7-212-09957-2

Ⅰ . ①家… Ⅱ . ①许… Ⅲ . ①散文集 — 中国 — 当代
Ⅳ . ① I267

中国版本图书馆 CIP 数据核字 (2017) 第 303998 号

潘小平　主编

家在大江东复东

许含章　著

选题策划：胡正义　丁怀超　刘　哲　白　明
出 版 人：徐　敏　　　出版统筹：徐佩和　　　责任印制：董　亮
责任编辑：肖　琴　　　装帧设计：宋文岚

出版发行：时代出版传媒股份有限公司 http://www.press-mart.com
　　　　　安徽人民出版社 http://www.ahpeople.com
地　　址：合肥市政务文化新区翡翠路 1118 号出版传媒广场八楼
邮　　编：230071
电　　话：0551-63533258　0551-63533259（传真）
印　　刷：安徽新华印刷股份有限公司

开本：880mm×1230mm　1/32　　印张：7　字数：130 千
版次：2018 年 6 月第 1 版　　　2018 年 6 月第 1 次印刷

ISBN　978-7-212-09957-2　　　　　定价：36.00 元

版权所有，侵权必究

乡愁深处是徽州

潘小平

家庭是中国人的宗教，乡愁是中国人的美学。

每一个伟大民族，对世界文学都有着自己独特的贡献：俄罗斯因幅员辽阔，横跨欧亚大陆，为世界文学贡献了巨大的贵族式悲悯和波澜壮阔的美感；法国文学因是摧枯拉朽的法国大革命催生的产物，充满了大革命的激情和憧憬，从而形成了浪漫主义的文学品格；十八世纪至二十一世纪，批判现实主义作为英国小说的优秀传统，一直是主导英国小说创作的主流；而中华民族对于世界文学的独特贡献，则可用"乡愁"二字来概括。"乡愁"更是一种文化、一种传统。

什么是"乡愁"？"乡愁"就是故乡的土、故乡的人、故乡的老屋和老树，是儿时傍晚母亲的呼唤，是海外游子对家乡一粥一饭、一草一木的眷恋，是诗人李白"举头望明月，低头思故乡"的怅然。中华文明绵延数千年，发展出了独特的价值体系和审美体系。李白的"举头望明月，低头思故乡"，崔颢的"日暮乡关何处是，烟波江上使人愁"，王安石的"春风又绿江南岸，明月何时照我还"，李益的"不知何处吹芦管，一夜征人尽望乡"，岑参的"故园东望路漫漫，双袖龙钟泪不干。马上相逢无纸笔，凭君传语报平安"，等等，不仅表达了悠悠不尽的思乡之情和漂泊之感，更表达了一种笼罩于具体思绪之上的对"故乡故土"的思念。因此中国人的"乡愁"，不单是对自己生活过的具体的故乡、故土、故人、故物的不舍，也是对整个中国历史、整个文化传统的感念，是浓缩了的"故国时空"，是审美化的民族情感。它不仅是地理的，还是历史的；既是个人的，也是民族的；既是情感的，也是审美的；既是具体的思念和愁绪，也是一种无形的氛围或气息，氤氲缭绕，久久不散。它可以是屈原时代的汨罗江、抗战时期的嘉陵江，也可以是苏东坡的长江；可以是杜甫的江南、李白的江南，也可以是郁达夫的江南。这就是所谓的"文化乡愁"，代表了中国人的一种历史归宿感和文化归属感。

表达和抒发"文化乡愁"，是我们组织编撰这套丛书的初衷，也是它的精神指向和情感指向。

相对于今天的人们来说，徽州是一个古老的地理概念，它包括绩溪、歙县、休宁、黟县、祁门和今天已经划归江西的婺源，以及在一定历史时期同属于徽州民俗单元的旌德和太平。进入皖南山地之后，峰峦如波涛般涌来，能够感到纯粹意义的地理给人带来的震撼。从地理环境上看，徽州自古以来就是一个独立的单元。早在南宋淳熙《新安志》的时代，徽州就有"山限壤隔，民不染他俗"的说法。所谓"山限壤隔",是说徽州的"一府六邑"处于万山环绕之中,是一个具有相对独立性的地域社会;所谓"民不染他俗",是指在一个相对封闭的地理环境中,徽州逐渐形成自己独特的风俗和民情,成为一个独立的民俗单元。从唐代大历四年(769年)开始,到明清之际,徽州的辖区面积一直都比较固定。据道光《徽州府志》卷一《舆地志》记载,清代徽州府东西长三百九十里,南北长二百二十里,如果采用现代计量单位,总面积为12548平方千米。

山高水激,是徽州山水的特点,因此进入徽州,桥梁会不断地呈现。那都是一些老桥,坐落在徽州的风景中,画一般静默。不知为什么,徽州的老桥,总给人一种地老天荒的美感。常常是车子在行驶之中,路两边的风景一掠而过。蓝天、白云,树木、瓦舍,在山区的阳光下,水洗一般的清澈。突然,一座桥梁出现了,先是远远的,彩虹一样地悬挂,等到近一些了,才能看清它那苍老而优美的跨越。这时会有一些并不宽阔的溪流,在车窗外潺潺流淌,远处有农人在歇息、牛在吃草。

不知道那是一条什么河,也不知道它最终流向哪里去,在徽州,这样叫不上名字的河流溪水遍地流淌,数不胜数。"深潭与浅滩,万转出新安",所以人在徽州,最能感到山水萦绕的美好。在徽州的低山丘陵间,新安江谷地由东向西绵延伸展,它包括歙县、休宁和绩溪的各一部分,面积超过一百平方千米。这就是我们平常所说的休屯盆地,在徽州,它甚至可以称得上是一望平畴了。这里土层深厚，阡陌纵横，鸡犬相闻，缭绕着久久不散的炊烟。迁入徽州的许多大家望族，都居住在这一带，一村一姓，世代相延。有时翻过一道山岭，或是进入一条溪谷，会突然发现其间烟火万家，那便是新安大姓聚族而居的村落了。在徽州，聚族而居是一种普遍的风俗。因此徽州的村落大多屋宇错落，街贯巷连，醒目的粉墙黛瓦，富有鲜明的皖南民居特色。徽州的街巷，也多是青石铺成，路两边的沟渠里，长年流水淙淙。徽州老屋，是中国大地最具辨识度的建筑，"有堂皆设井，无宅不雕花"，是对徽州民居的最准确的形容。"堂"指阶前，"井"指天井，徽州建筑所谓的"四水归堂"，是指将住宅屋面的雨水集于天井之中。徽州民居的各个部分，主要是门楼、门罩、梁架、窗棂、栏杆等处，都饰以各类雕刻，"徽州三雕"艺术，就集中体现在这些地方。

在徽州的村落里，耸然高出民居的最雄伟宏丽的建筑，是祠堂。祠堂是全宗族或是宗族的某一部分成员共同拥有的建筑，具有重要的社会意义。名宗右族，往往建有几座甚至几十座祠堂，祠堂连云，远近相望，是徽州一个重要而独特的现象。而牌坊是与民居、祠堂并存的古建筑，共同构成徽州独具一格的人文景观。"七山一水一分田，一分道路加庄园"的自然环境，造成了徽州人深刻的危机意识，为了生存，人们蜂拥而出，求食于四方。徽谚所谓"前世不修，生在徽州，十三四岁，往外一丢"，由此形成了一支强大的商业力量，史称徽商。徽商的经营范围，以盐、典、茶、木为主，而徽商中的巨商大贾，大多是盐商。明代万历年间，徽商逐渐取得了盐业专卖的世袭特权，他们大都宅居于长江、运河交汇处的扬州一带。明清之际，江浙共有大盐商三十五名，其中二十八名是徽商。几百年来，徽商的足迹无所不至，遍及天涯海角，在东南社会变迁中扮演着重要的角色，以至于在江南一带，有"无徽不成镇"的说法。

今天看来，徽商重大的历史贡献，在于它以雄厚的财力物力，滋育出了灿烂的徽州文化。从广义的文化范畴来看，徽州地区在徽商鼎盛的那一历史阶段，一切文化领域里的成就，都达到了当时我国、有些甚至是当时世界的先进水平。比如徽州教育、徽州刻书、徽派朴学、新安理学、徽派建筑、徽州园林、新安画派、徽派篆刻、新安医学、徽派版画、徽州三雕、徽州水口等。而这一时期，徽州的自然科学、数学、谱牒学、方志学，也都有了很大的发展，并且富有特色。徽剧和徽州菜系的诞育与形成，更是与徽商奢侈的生活方式有关，所以梁启超才在他的《清代学术概论》中，把以徽商为主体的两淮盐商对乾嘉时期学术的贡献，与南欧巨室豪贾对欧洲文艺复兴的贡献相提并论。清末民初，安徽涌现出那么多的思想家和精神领袖，是明清两代经济文化积累的结果，流风所至，一直影响到"五四"前后。

而今天，这一切还存在于大地，在新安江沿岸，至今还留有一些水埠头，比如渔亭、溪口和临溪，比如五城、渔梁和深渡……而古老的新安江也一如既往，日夜奔流，两岸的老街、老屋、老桥，祠堂、牌坊、书院，在太阳下静静站立，被时光淬过的木雕、石雕和砖雕，发出金属般久远的光芒。而绵长如岁月一般的思绪，在作家们的笔下缭绕，给你带来人生的暖意和无边的惆怅。

徽州还好吗？老屋还在吗？曾经的徽杭古驿道，还有行旅吗？

乡愁深处是徽州，徽州深处是故乡。

2017 年 12 月 1 日

于匡南

目 录

离别后

乡愁是一棵没有年轮的树

永不老去

——席慕蓉

※ 徽州如梦

楔子

我穿过徽州，去往江西的婺源，是因为一本书的缘故。

已经好几次来到婺源这个地方了，这回是第四次。每一次来的路上，先都是在一座座大山的腹心中穿行，这令我有一种陌生的喜悦，可在这陌生的喜悦中，也伴随着一种陌生的苦恼。我试图走近它们，熟悉它们，当我带着自认为诚意满满的准备——虽则都是从网上或书上读来的资料时。

我是一个平原人，从广阔的黄土地走来。大山深处的徽州真的能够接纳我吗？

我常有一些恍惚。

每一次来的路，都是同一条路。我们的车子"嗖"地一下，闪电般地从一条一百米两百米，或是一千米两千米的隧道中穿过，我一次两次三次四次地看着身边的那些大山，看着它们快速地从我身

※ 春日的婺源

边退出去了。远处的山们安静地与我对视，而我对它们一无所知。

一无所知，是吗？

那么，就从一无所知开始好了。

这是整个徽州最美的时候。

从安徽合肥通往江西婺源的高速公路上，两旁的庄稼地里，渐渐开满了大片的油菜花。它们最初是盈盈的嫩绿，长大些便转为茸茸的鹅黄，最终渲染出一片夺目的明黄色，整片整片的，是一种单纯但是灿烂的颜色。春来如潮，春山春水和春的气息，潮水一般将人淹没了。我忽然明白了，婺源旅游为何以油菜花为号召。平原上的油菜花，虽然因为一望无际，看上去更为壮观，但也一览无余，一目了然，没有起伏跌宕，没有参差错落。当然，更不可能有倏忽而至、倏忽而逝的喜悦。

它们往往是那样：群山如浪头突然涌来，而从山峰拔地而起的

※婺源北收费站

那一刻起，倏地一下，油菜花似乎整个地匿去了。而后，是大片大片的青山压过来，等穿过一座山峰，进入一片谷地，嗡嗡喧闹着的油菜花，就又倏地出现了。这些明黄色的花蕾，有时候是一大片一大片整齐地站立，有时候是一大片一大片整齐地隐匿，然而出现和消失，都毫无征兆。你真的不知道哪一个山坳里，哪一片山坡上，会忽然跳出大片的明黄，或是跳出几枝孤零零的花蕾，在巴掌大的地方明媚着，随风招摇。

真的是巴掌大的地方，这几枝孤零零的油菜花，是什么人种下的呢？左右环顾，山坳里似乎并没有什么人家。可是这些小花给了我莫名的期待，即便是形单影只，春风一起，它们也会立即显出喧嚣。

庄严的大山，因为花儿们的开放，灵动起来了。

或许不只是大山，还有它们脚下这片连绵起伏的山地，因了这种名叫油菜花的农作物，在这个季节里，都无限美好。

这是一个春深如海的季节。

※ 高速路边的油菜田

还是楔子

归去来兮岁欲穷，此身天地一宾鸿。

明朝等是天涯客，家在大江东复东。

——朱松《将还政和》

当 1129 年冬，朱松写下如下的诗句时，他还不知道，有一天他的老家婺源，会不再属于徽州。

朱松是朱熹的父亲，父以子名。那是初冬的天气，天刚刚冷起来的时候，朱松携全家从福建的建州，赶往福建的政和，途中写下了这首题为《将还政和》的诗。政和是朱熹家族入闽的第一站，朱子一门——朱森、朱松、朱熹祖孙三代，对这个福建小城都有着很深的感情。也就是北宋的宣和五年（1123 年），朱松任政和县尉，先后创办了云根书院、星溪书院，亲自坐堂讲学。由是政和读书向学之风日兴，促成大批人才脱颖而出。1129 年是南宋建炎三年，岁在己酉。彼时中原甚至两江一带，都已是烽烟四起，战局一日危似一日了。那年十月，金军大举南下，一路趋江西，一路趋两浙，接下来破青州、潍州、滕州、泗州，而后长驱直下扬州。闽地虽远在烽火之外，但仓皇四顾，朱松的心里一样充满了凄惶，他不知道今生今世，远在"大江东复东"的徽州故土，还回不回得去了？

而彼时，乳名沈郎的朱熹也还没有出生，他来到这个世上，还要差不多一年之后。

虽然朱氏父子的大半生，都是在福建一带徘徊，但无论是朱松还是朱熹，他们一生所梦牵魂

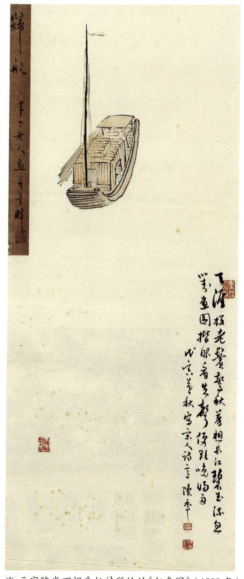

※ 画家陈半丁据朱松诗所绘的《归舟图》(1938 年)

系的，还是千里之外的徽州。朱熹在《婺源茶院朱氏世谱序》中说，
"吾家先世居歙邑之篁墩"，因此他所注解的《大学》《中庸》，
落款都是"新安朱熹"，以示自己不忘根本。朱松是茶院朱氏的八
世孙，虽说青年时期即离开婺源，宦居闽北，而朱熹更是生于闽、
宦于闽，大半生都在福建度过，但纵观他们的毕生所著，不难看出，
"家在徽州"的故园情结，总是时不时会萦绕上诗人的心头。

　　比如朱松曾写："饥鸦得林静，霁月萦窗生。故人千余里，浊
壶谁与倾。"而朱熹写道："归来故里，愁思怅望渺难平。"他们
的诗似乎都带一点愁绪。家乡意味着什么呢？对于两位先人，是"远
在大江东复东"的一府六邑吗？是青石板路、马头墙，还是每每在

※ 婺源县城里的朱熹文化主题公园——熹园

黄昏时才升起的一抹柔肠呢？如同晚起的炊烟一般，时隐时现，断断续续，和着微沉的暮色，随万家灯火的升起而落下。

　　或者只是一抹很淡的愁吧。他们无法预知，八百多年后，婺源不再属于徽州。

　　而在八百多年后的今天，站在婺源街头，朱子家乡的我，同样也很难说得清心中的感受。对于婺源来说，"家在大江东复东"也是一种宿命吧！它并没有变，可是近在咫尺的徽州，不知可还有回去的一日。

　　徽州"一府六邑"，"一府"当然是指"徽州府"，"六邑"是指绩溪、歙县、休宁、黟县、祁门和婺源，这便是明清之际徽州

※ 婺源街景

地理上的概念。从地理环境上看，徽州自古以来就是一个独立区域，早在南宋淳熙《新安志》时代，就有"山限壤隔，民不染他俗"的文字表述。所谓"山限壤隔"，是说徽州的一府六县处于万山环绕之中，是一个具有相对独立性的地域社会；所谓"民不染他俗"，是指在一个相对封闭的地理环境中，徽州逐渐成为一个独立的民俗单元，形成了自己独特的民情和风俗。从唐代大历四年（769 年）开始，徽州的行政区域划分，就基本上没有什么太大的变化，辖区面积一直比较固定。当时的歙州就领有歙、休、黟、婺、祁门和绩溪六县，而明清时期的徽州府，也基本上就是上述区域。据道光《徽州府志》卷一《舆地志》记载，清代徽州府东西长三百九十里，南北长二百二十里，如果采用现代计算数字，总面积为一万两

※ 古徽州的地理区域图

※ 熹园外墙的朱氏谱系图

千五百四十八平方公里。

徽州古谚："黟县蛤蟆歙县狗，祁门猴子翻跟斗。"以动物的形象来比喻三县的地形地貌，据说这来自于风水先生的勘验，也有说法，说是形容这三县的民性。比如祁门县域形态如猴，而猴子灵活机敏，所以祁门人适应性强，善于随机应变。

祁门位于安徽省境的最南端，与江西饶州交界，与因白居易《长恨歌》而大名鼎鼎的浮梁县，有徽浮古道相通，已经不是徽州腹地了。而婺源地处赣、浙、皖三省交界，也是徽州的边缘地带，相比较徽州中心区域的休歙盆地，据说风俗和民情都开放得多。在徽州的低山丘陵地区，新安江谷地兀自向着东西方向绵延伸展，它包括歙县、休宁和绩溪的各一部分，面积超过一百平方公里，这在重峦叠嶂的山区地带，可以称得上是一望平畴了。这里土层深厚，阡陌纵横，鸡犬相闻，缭绕着久久不散的炊烟，是徽州腹地，也是徽文化的核心区域。相比较而言，绩溪、祁门和婺源三地，河谷更加逼仄，山势更加耸峻，生计也更加艰辛。古代徽人笃信风水，属号多以县治地形山形或县域形状而名，六县的象征性动物分别为"休宁蛇、歙县狗、黟县蛤蟆、绩溪牛、祁门猴、婺源龙"。"龙"，是指婺源县域其形如龙，虽然今天的婺源，在划归江西之后，若论古徽风情的完整性和纯粹性，已然明显区别于安徽的黄山地区了，但想来民俗民性不会有太大的改变。

而"婺源龙"的另一方面，也暗指此地出大儒。大儒当然是指朱熹，婺源人至今以他为骄傲。所以婺源旧城，保留了多处朱熹的遗迹，而婺源的街市上，也随处可见与朱熹有关的字样。

婺源另外一个随处可见的信息，是徽商。徽商以盐、典、木、茶为生业，而徽商中的巨商大贾，大多是盐商。明代万历年间，徽商逐渐取得了盐业专卖的世袭特权后，大都宅居于长江、运河交汇处的扬州一带，他们是中国近现代经济，包括政治舞台上，都非常活跃的一支。明清之际，江浙共有大盐商三十五名，其中有二十八名是徽商。徽商以盐典为龙头，我查了徽商婺源部分的资料，整体

※ 位于歙县的新安江上游河段

说来，婺源从事盐典业的商人不多。盐商主要出在歙县一带，典商主要出在休宁一带，而婺源商人主要是以茶、木为业，和盐典商人相比，实力和势力都相差很多。不过，婺源也出过一任两淮盐运使，名叫江人镜，这是一个人物，后文还会讲到。像歙县雄村的曹振镛这样的大商人，婺源是没有的，雄村曹氏世代包揽两淮八大盐务总商，数年盘踞在淮盐专卖"纲商"巨头的位置上，权倾朝野，风头一时无两。婺源也没有出过歙县江村的江春、歙县棠樾的鲍志道这样的大商。总的来说，婺源商人中以茶商、木商居多，形成气候也较晚，大约在清中期以后。

说道商，就得提到路。徽州的商道多是水道，而婺源最重要的

※ 徽州古建上的瓦当

河流星江，其源头水段莘水，发源于皖赣边境的五龙山，沿途汇入溪头、荷田、江湾、秋溪四溪后，于武口再汇清华水，进而形成乐安河干流婺源段，经饶河流入鄱阳湖。饶河为江西五大水系之一，因其出口在鄱阳县境内，而鄱阳县乃古饶州府治所在地，故名"饶河"。经现代科学测算，婺源全境近三千平方公里的土地面积，百分之九十八的水流，直接或经乐平流入乐安河，其余发育为长溪流入昌江。今日"星江"，古人称"婺水"或"婺江"，婺，星宿名，因此"婺源"即为"星源"。"婺水绕城三面"，是婺源旧城最美丽的环绕景观。

2015 年 8 月 8 日，第十三号台风"苏迪罗"由闽入赣，星江白浪滔滔，水声訇然于天地间。那是我第一次进入婺源，第一次看见星江。

　　那是我第一次见到那样的河。我从未见过如此暴雨中的河水，有如一条苍黄的古道，上有万马奔腾，它卷起烟雾磅礴四散。惊异的我拍了一张雨中江水的照片发在微信上，配文：风雨新安江。现在想来，那是我对婺源犯下的第一个错误，我想当然地以为，婺源既然属于古徽州，那新安江也一定流经婺源了。那时的我还不知道，婺源不在新安江流域，我在婺源看到的万马奔流，并不是我想象中"一滩复一滩，一滩高十丈"的新安江。

　　说说新安江。作为徽州最重要的一条水路，新安江发源于休宁县西南海拔一千六百二十六米的六股尖，最初的一段称"率水"，在屯溪汇合横江后始称"新安江"。这条江的绝大部分，是穿行于

※ 风雨星江

崇山峻岭之间，两岸山峦起伏，河床比降大，峡谷与险滩衔接，水流湍急。进入率水后，即如清代诗人黄仲则所感叹的那样：

一滩复一滩，一滩高十丈。

三百六十滩，新安在天上。

这就是所谓的"深潭与浅滩，万转出新安"，万山环绕之中，新安江奔涌而出，最终成为一条黄金水道。

婺源不在新安江流域，这与我诗意的想象一时对不上了，一时间，知道真相的我不只是有些怅惘，还是有些失望。

对于大山深处的徽州来说，水路的重要性是不言而喻的，比如对运输商品，还比如对语言的传播。徽州话在汉语方言中，虽然流行区域较小，使用人口也较少，但其内部的分歧差异最大，嘉靖《徽

※ 星江边洗衣服的婺源妇女

州府志》所谓"六邑之语不能相通"。像旧时徽州府治歙县，与今天徽州的中心区域屯溪，地理上东西紧邻，仍然形成民谚所说的"篁墩草市对溪东，咫尺乡音大不同"局面。有一个例子，篁墩位于歙县西南，草市与之一水相隔，但方言差异之大，使人怀疑它们根本就不在一个方言区域中。但是，和徽州紧邻的太平话，外人很容易就听得懂，这是因为太平县地处黄山北麓，而北麓之水流入长江的缘故。也就是说，因为太平不属于新安江流域，而是长江流域，与外界的交往多了，话也比较容易听得懂些。在婺源的土语中，管"没文化"叫"没者也"，这是个挺有意思的说法，这种说法徽州其他地方有没有，我不知道。

也许婺源对于赣文化的亲近，早在它划归江西之前就已出现。抑或在婺源文化中，本身就携带有赣文化的元素。地处徽州的边缘，它毫无疑问是文化的过渡带，能够明显地感到，触目可见的马头墙，是一种现代旅游思维下，被强化了的徽文化符号。其实婺源乡间保留下来的老房子，有很多赣风融入，最一目了然的是婺源木雕上时有彩绘，而徽州木雕是"清水雕"。饮食就更不用说了，舌尖上的文化，最原始也最直接，今天的婺源口味和徽州本土，已经有很大的差别了。

一切一切的改变，或在百年，或在一瞬。

婺源的油菜花开了

每年的三四月份，全国人民都知道，婺源的油菜花开了。

虽然久已脱离徽州，但婺源旅游仍然起于"乡愁"，当然，这个"乡"虽是乡村的"乡"，却依然改变不了它内心最深处的徽州情结。

※ 婺源的油菜花开了

江西是油菜种植大省，每年三四月间，油菜花漫山遍野，为什么单单火了婺源一地？是否因为婺源的历史美感？在现代旅游中主打乡村旅游，在乡村旅游中主打"徽文化"，粉壁黛瓦马头墙，金灿灿的油菜花，是"中国最美乡村"婺源最成功的营销。

在油菜花盛开的季节，似乎全国人民都在往婺源跑。

岭上岭下

旅游旺季的到来，可由旅馆的价格得知。

比如这个明媚的四月，出行之前，我从网上看到多次住过的酒店，房间价格一夜之间飙升到了七百八十八元一晚，便知此次出行与它无缘了。于是不得不临时改变计划，改投篁岭的民宿。

在网上订酒店，选来选去，选了个名字颇有诗意的小客栈，叫作"岭上人家"。

然而到了以后才知道，名字虽然叫作"岭上人家"，其实并不在岭上，而是在岭下。岭是篁岭，篁岭脚下的篁岭新村，几乎整条街都在做游客生意，几百米长的小街一铺接着一铺，皆是开饭店的、开旅店的、卖旅游小商品的、卖土特产的。好不容易找着了旅馆的招牌，是一座临街小楼，车还没到门口，一个大叔就立刻迎上来，熟练地打着手语，指挥我们泊车。

我告诉他，房间是在网上订的。

"哦，哦。"他搓着手，很高兴，似乎又有些不好意思。我问房间在哪儿，他愣了一下，说不知道。

我很意外。"都是我儿媳妇负责的，"他有一点赔着小心，"等我儿媳妇回来了，再说。"

不知他儿媳妇什么时候回来，正有些不知所措时，一辆黑色大众牌小轿车熟练地开到了门口。老人口中的"儿媳妇"——"岭上

※ 篁岭新村

人家"的老板娘，一个身材娇小穿着时髦的年轻女人，干练地走下车来。比起这座古色古香的客栈，她更像是一名游客。她热情万分地带我们穿过饭店后面的小巷，走进一栋新盖的徽式三层小楼，半是抱歉半是夸耀地对我说："我们家有两栋这样的楼，都是新盖的，家里别的人都弄不清楚，都是我……"

她一边亲热地对我眨着眼，一边利索地推开一扇门。虽然早已料到"岭上人家"的内部，与它浪漫的名字多少会有些不符，但房间里的陈设，还是过于简陋了。

这无可抱怨，要怨只能怨急剧膨胀的乡村旅游。

她感到了我的失望，态度更加殷切了。我问她篁岭、江岭和江湾怎么走？她立即热情地告诉我："是一条线路！"并且指点我哪里该去，哪里不该去，哪里只要做片刻的停留。婺源的老板娘，都是免费导游，虽说她不知我带有严肃的写作任务，只当我是专门来看油菜花的游客。在中国广袤的土地上，从南到北，油菜花从1月到8月次第开放，似乎是在展演阳光照射大地的角度，以及逐渐抬升又逐渐降落的周期性过程。也不仅仅是纬度的地带性，还有经度和海拔高度的地带性，在油菜花的分布中，都可以看到。每年的1月和2月，油菜花在北回归线附近开放；到了3月，油菜花期的等值线，就转移到了徽州一带，就是在这时候，婺源的油菜花开始怒

※ 篁岭岭下

放了。不仅是篁岭、江岭和江湾，婺源的东乡、西乡和北乡，都开辟有专门的旅游线路。这些年婺源旅游火爆，旅游业已成为这座赣东北小城的支柱产业，在中央电视台的屏幕上，常常密集性地出现"梦里老家"的广告。把婺源打造成全中国人的"梦里老家"，渲染成中国人的心底，那一缕挥之不去的"乡愁"。尤其是每年的三四月份，油菜花开的季节，各地的游客慕名而来，跟团的、自驾的，骑行的、徒步的，中国的、外国的，黑发的、金发的，蜂拥而至，比四野怒放的油菜花还要喧嚣。

"岭"不仅是篁岭，也是江岭，江岭号称有万亩油菜田，每临春至，绚美如画。而篁岭地处石耳山脉，号称"挂在山崖上"的古村落，数百栋徽派古民居，在百米落差的坡面上错落，呈阶梯状 U 形铺开。因条田如梯，层叠而上，据说还被网友评为"全球十大最美梯田"。

然而篁岭的胜景在"晒秋"，我来得不是时候。晒秋这习俗不知是不是皖南山区特有的，但所有人家都晒在房顶上的，想来不多。徽州因"地无三尺平"，坦地极为稀少，旧时农家只得利用房前屋后和自家的窗台屋顶，架晒或挂晒玉米、辣椒、茄子、南瓜等农作物。而每当秋阳高照，篁岭民居的屋顶上、土墙上、竹竿上、晾架上，晒满了五彩缤纷的果实，呈现出无比喜庆，而又无比热闹的景象。

在离开篁岭的第三天上午，我专程去了江岭景区。

※ 梯田里的油菜花

※ 俯瞰江岭

江岭这个地方，是很多人到婺源旅游的第一站，而在我差点成为最后一站，若不是后来的"五一"小长假我过来补充材料，它几乎就成了我婺源考察的终点。

从 2015 年 5 月开始，我多次进入婺源，感受它四季的变化和民俗的独一无二。江岭的万亩梯田花海，是摄影家的天堂，也备受媒体的青睐，从 2014 年央视"新年第一缕阳光"全国直播，到 2015 年央视"春天的脚步"全国直播，江岭一直是媒体关注的焦点。在海拔千米的高山上，梯田依山而辟，一层一层盘旋而上，山有多高，田就有多高。每当春季，江岭油菜花漫山遍野，层层叠叠，从谷底铺展到山巅，黑瓦白墙的徽派民居，坐落在一片金灿灿的花海之上，绚烂到令人目眩。

当然，这需要晴空万里、阳光普照的日子。而我来时先是蒙蒙细雨，后又是大雨滂沱。不知是不是因为突至的大雨，车子到了江岭山脚下，居然堵起了车。这使得我不仅田野考察无法进行，拍摄也无法开展了。我闷在车里，看着窄窄的村道上，拥挤着缓缓步行的游客，他们中的一些立刻很有经验地拿出了雨衣，雨衣罩在这些背包客的大背包外面，仿佛蜗牛背着壳似的。路上也立即拥出提着竹篮卖雨衣的村民，穿行在密集的雨流和人群中，大声推销，显然对突至的大雨习以为常。

好不容易挪到江岭脚下的游客中心，已经将近中午十一点了。我无心还价，在门口一个挎着竹篮的村民那里，花二十元买了雨衣和鞋套，迅速套上，几经周转，才上了一辆旅游小巴。我旁边坐着一对年轻夫妻，操着清脆欢快的东北口音，不远几千公里，专门来看婺源的油菜花。如画的徽州山水，笼罩在如丝如缕的蒙蒙细雨之中，车子每次转弯，都能听到他们一阵惊呼，感叹此生此世能够见此美景，简直死而无憾了。我在旁边听着，感觉十分夸张。

后来我突然想到，在我心目中，东北遥不可及，想等到了东北，我也会有这样的感叹吧。

对于现代中国人来说，远到几百公里、几千公里之外，甚至远

※ 雨中的游客

到地球的另一端去旅游，已经不是什么难事了。说起来已是好久了，当人类进入二十一世纪的第四个年头，在岁暮天寒一年将尽的某一天，国家统计局宣布，中国全年 GDP 增长预计将达百分之八点五，人均 GDP 将超过一千美元。

中国的老百姓正在忙着置办年货，从媒体上获知这一数字时，还不能真正理解人均 GDP 超过一千美元，对于自己的生活意味着什么。或许只有汽车、电子、房产、旅游和文化产业的老总们，心中能够感到切切实实的高兴，因为人均 GDP 代表着一个国家或地区经济发展水平和富裕程度，经济学界一般把它作为划分经济发展阶段的重要指标。在人均 GDP 超过一千美元的新起点上，变动最为激烈的将是消费结构，以往的奢侈品将转化为居民的必需品，消费结构从生存型向发展型、享受型升级，中国城市居民的消费水平将悄然跃上一个新台阶。中国人民的日常生活里，不再仅仅是柴米油盐。随着住房、汽车、电子通讯等高档消费品的热销，旅游和文化消费在中国人的日常支出中，所占的比例将会越来越大。如今忽忽十年过去，一切都印证了旅游业老总们的窃喜，并且大大超出他们的预期。在网上公布的"中国最美十大油菜花观赏地"中，婺源虽然排名第九，然而携"中国最美乡村"之名，倚古老徽州文化底蕴，它的名头远远超出了其他的旅游胜地。

　　婺源地处大鄣山脉，群山庄严，岭谷错落，四季分明，十分适宜油菜的生长。然而旧时徽州的一府六邑，处于同一区域，一样的山高水长，峰峦起伏，每年的三四月间，油菜花一样开放。安徽绩溪的家朋乡梅干岭、尚村、霞水、山云岭一带，黟县北乡的美溪、宏潭一带，黟县西乡的南屏、关麓一带，黟县西北乡的柯村一带，黟县最南端的渔亭一带，都有上千亩油菜田，都在明媚的春光里次第展开，它们参差摇曳的美感，一点也不在婺源之下。我只能惊诧于现代传媒的传播力和覆盖力，就如眼前的江岭，实际画面与电视上宣传的，差距还是有些大。不过这与景无关。鼎沸的人声，嘈杂的人群，多少把天然的美景掩盖了些。

※ 江岭下的人与烟

※ 卖食品的小贩

终于，雨停了，而四周依然朦朦胧胧，起初只觉得雾气在身边萦绕，环顾才发现原来雾气萦绕了一切。我是在山上，还是在天上呢？我一时有些恍惚。但甚嚣尘上的人气，即刻就惊醒了我的梦，其间夹杂汽车的喇叭声。已是中午了，小摊贩支着雨棚做生意，卖牛肉粉、牛肉面、蒿子粑粑、煮苞谷。一个中年男人披着蓑衣，正兢兢业业地用石臼打年糕，还不时地停下来，高声吆喝。有如水的人群从他的边上流过，却没有什么人去买。

在等游览车的百无聊赖中，我花了三十三元钱，从一个小贩手里，买了一斤乌梅。

甜！和葡萄一模一样。

　　实际上直到下山，我才真正看到了那万亩油菜田，看见了万亩油菜田上盛开的油菜花。它们和篁岭上的油菜花一样，沿梯田次第展现，层层叠叠，参差错落，铺陈出一望无际的花海。而花也开得愈加繁复和稠密——到底是迟来了两天了。

　　这让我真正感受到了中国的农时，和中国的季节。

※ 茶树与红土地

寂寞文公山

　　婺源的油菜花开了。

　　经过十多年的经营，婺源俨然已经打造出了三条成熟的精品旅游线路，无论是北部的思溪、延村、长滩、彩虹桥、大鄣山峡谷、严田一线，还是东部的李坑、汪口、晓起、江湾、江岭、篁岭一线，在这个季节里都是红尘十丈，人涌如潮。唯城西一线人迹罕至，听

※ 文公山的石兽

说我要去那里，店家吃惊道："你去那里看什么？"

听她这样问，我突然生出些难以言明的情绪，有些失落？

出县城不远，在往汪口、晓起的路上，有一处景点名为"月亮湾"，实际就是一湾浅水，只是形状有如弯月。水的那边是不大的一片油菜田，景观虽小，但精巧别致，所以吸引了无数人在那里拍照，以至于路都些堵了。也是，在没有见到江岭、篁岭壮观的景象之前，月亮湾浅水映照下的油菜花，已经足够人们流连忘返了。

然而朱熹呢？

篁岭客栈的老板娘滔滔不绝地向我介绍篁岭、江岭、江湾的景色，她并没有提起婺源西边的文公山。婺源不是朱熹的家乡吗？相比于甚嚣尘上的"二岭"，甚至面前虽极小，却也极热闹的月亮湾，向西而去的这条路，寂寞得多了。

然而这是我多年来所记得的徽州的模样。徽州的色调中天生带了水墨的灵魂，灰白点染，墨线勾勒，铺陈出大片大片澄碧的天空，遥远深邃远过于所有过客的惊鸿一瞥。

去往文公山的路上，几乎没有游人和车辆，寂静的原野，仿佛脱离婺源而存在。这唤起我对徽州久远的记忆，大约十年前，我还在大学读书时，曾由学校组织，和同学们一起到徽州写生。那是初冬，触目的白墙黑瓦，给我很强烈的感受。有时候，我就坐在高高的田埂上，与寂寞的古村相对，从午后一直待到黄昏。山上的茶园密集着茶树，在初冬的清寒中，依然青绿如初。后来，暮色就降临了，一点一点地很快将远山淹没。

那时我还不知道，徽州最入画的季节，是油菜花开放的时候。

在去往文公山的路上，不时有成片的油菜花出现，一样是灿烂的金黄色。宋绍兴十九年，公元 1149 年，朱熹第一次回到婺源，这一年他二十岁，已经中了进士。他曾经数十次地盘桓在祖父和父亲走过的鹅湖古道上，却从没有回过自己的故乡。所以当他十九岁进士及第之后，第二年便回了一趟婺源。他受到了族人的热情接待，

※ 远离喧嚣的油菜田

在程洵的陪同下寻根认祖，并专程前往婺源武口的香田村，瞻仰了始祖朱瑰夫妇的合葬墓，撰写了《祭远祖墓文》。

远在"大江东复东"的家乡婺源，一下子变得触手可及，朱熹年轻的心，瞬间安静下来了。除此之外，他还做了一件非常重要的事，拿回了朱家的百亩祖田。据元初虞集《朱氏家庙复田记》载："建炎庚戌文公生焉。同郡张侯敦颐教授于剑，邀与还徽。而吏部（指朱松）之来闽，质以先业百亩以为资，归则无以为食也。张侯请为赎之，计十年之入，可以当其直，而后以田归朱氏。"他的父亲朱松来福建时因为没有钱资，将百亩祖田抵押与婺源赋春人张敦颐，张是朱父的好友。而张敦颐没有食言，将朱家的百亩祖田，交到了朱熹的手里。

我一直对朱家的祖田非常好奇，在婺源，每到与朱熹有关的地方，便不忘寻找。乡土中国，在中国这个以土地安身立命的国家，田土就是命之所系，就是心之所念。在去文公山的路上，看到有大片的茶园，我便猜测是朱家的祖田，但自己也知道多半是错的。文公山位于婺源城西，距县城仅二十七公里，但愈往西走，愈近文公山，游人愈少。文公山原名"九老芙蓉山"，因为朱熹，才更名为文公山。

转过山路，将入文公山口，眼前蓦然出现一片油菜花，在雨中静静地开放，与别处的喧嚣不同，这里没什么人，所以它们显得很寂寞。文公山也很冷清，冷清得不像一个旅游景点了。

文公山游客服务中心里空空荡荡，只有我们一行三人，景区便显出异样的深阔。

落雨了，如丝的细雨，寂寞地飘。

文公山给我的第一感觉很好，因为它的样子很古朴。它的牌坊式大门庄严朴素，露出石头的本色。上面的篆书"文公山"几个字虽为新镌，但看上去很有力道。入口的道路两侧，立有许多石碑，刻着朱子的诗篇、名言以及名人赞颂。有一句是辛弃疾的《酬朱晦翁》——"历数唐尧千载下，如公仅有两三人"。

雨紧起来了，石桥、石亭和石兽，皆在雨中静默。兽们看不出

※ 文公山下的游客服务中心

是什么兽，石质的兽头表面，在风雨中已然风化看不清轮廓了。

在这片静寂的山凹间，它们待了多少年呢？

路两边有一枝两枝零星的油菜花亮着，夺目如火。右手边的一间小木屋门口，立着一块标示牌，景点名称为"紫阳书院"。

在徽州的土地上，有多处紫阳书院，紫阳为朱熹的别号。在徽州本土的歙县，也有一所紫阳书院，旧时徽州，它的名气很大，"每年正、八、九月，衣冠毕集，群然听讲"，徽属六县士子云集，是十分壮观的场面。不仅书院，徽州还有多处紫阳桥。最著名的紫阳桥位于歙县城南渔梁坝下，桥西即是紫阳山麓，因"每将晓日未出，紫气照耀，山光显灿，类似城霞，故曰紫阳"。据说朱熹的父亲朱松，

※ 文公山的"紫阳书院"

※ 空空荡荡的书院

年轻的时候在州学读书，傍晚时常在这一带散步。后来他宦游福建，感念徽州山水，就在印章上刻上了"紫阳书院"四个字。他死后，朱熹便以"紫阳书堂"榜其厅堂，以示不忘父志，不忘徽州。

　　然而眼前这座小小的院落，称得上"紫阳书院"吗？它伶仃的样子，显得那么的单薄。我刚刚去过婺源城里，位于熹园内的紫阳书院，是几进几出的大院落，比这里要大得多，也热闹得多了。不知为什么，书院门头上木质的牌匾，被什么人摘了下来，横在石阶上，似乎要挡住游客的来路。密集屋顶的鱼鳞小瓦，被雨渐渐浸成了深黑色，但是新刷的墙很白，里面整齐地摆放着两排木制桌椅。是现代学堂的布置，看上去空空荡荡，亦新亦旧。奇怪的是，房顶上垂着一个大红灯笼，落满了灰尘，是古装电视剧里办喜事的那种。

这个灯笼挂在这里，显得很不协调。

或许很多很多年以前，这里曾有过一座真正的紫阳书院吧，朱子的同乡，婺源的士子们青衣布履，晨昏四时，在这里埋头苦读。

不知道他们的名字。是什么人在这里开过坛？什么人在这里读过书？那一刻，我突然有种在这里坐下来，好好读一读书的念头。

紫阳书院往前，不过十多步，就是一个水塘，景点名称标明此乃"半亩方塘"，又称"朱绯塘"，它曾年复一年出现在我们的中学课本中，其中"问渠那得清如许，为有源头活水来"一句，不仅几乎人人会背诵，而且不断地被引用。

> 半亩方塘一鉴开，
>
> 天光云影共徘徊。
>
> 问渠那得清如许，
>
> 为有源头活水来。

这是一处人造景点，真假姑且不论，一望而知没有半亩。塘边生着许多迎春花，应季盛放，大约是因为人迹罕至，摇曳的花枝，自顾自地在水中顾盼，鲜艳如染。文公山主峰，虽海拔仅三百一十五米，森林覆盖率却高达百分之九十九。顺书院往里走，蜿蜒的山道两旁，密布着松、杉、栗、栲、楠、枫等名贵树种，十万亩天然阔叶林遮天蔽日。雨渐渐大了起来，树木释放出的"芬多精"如丝如缕，在雨中隐隐约约。我没有打伞，任雨丝在周遭飘拂。文公山的路都是石板路，被雨打湿后，裸露出坚硬的石质砺纹，石缝里的青苔越发青翠了。台阶很新，台阶旁的泥土也很新，看得出刚刚整修过。沿途开着一种紫色的小花，四周围则是没入森林的荒草。行走在寂无一人的山间小路上，穿过密密的雨帘，我感到一种无拘无束的自由和快乐。这让我差一点错过了朱熹手植的"二十四株杉"，

※ 文公山的石阶

走过去很长一段路，又回头去寻找。这些著名的杉木，站立在一个小小的广场周围，几个标牌分出"生态文化展示区域""忠孝文化展示区域"，等等，左近便是"寒泉精舍"。

在福建建瓯，朱熹当年居住的地方，名叫"环溪精舍"，精舍不远处有一口艮泉，传为

朱熹所掘。朱熹还喜欢植树，幼时在福建，即在父亲的书斋旁种满了柳树，传说福建尤溪的溪南书院，他与父亲朱松合种的"沈郎樟"，至今仍郁郁葱葱。朱熹乳名沈郎，据说是因为瘦弱。朱熹是继孔子之后的又一位思想巨人，与孔子一起被后人称为"北孔南朱"。配祀曲阜孔庙大成殿的四配十二哲中，除了朱熹皆是孔门弟子，由此可知朱熹在儒学中的影响。无论是在福建的尤溪、建瓯，还是在江西的婺源、安徽的徽州地区，都生长着据说与朱熹有关的树木。康熙称朱熹"集大成而绪千百年绝传之学，启愚蒙而定亿万世一定之规"。朱熹本人就是一株冠盖如云的大树。宋淳熙三年，公元1176年，四十七岁的朱熹第二次回到婺源，在祖茔前一一祭拜后，于茶院朱

※ 一处废弃的亭子

※ 文公山崇圣门

氏四世祖朱维甫妻程氏墓前，种植了"二十四株杉"。

杉属松科，历万年而常青。

而后，南宋大儒朱熹在新植的杉树下，诵读了自己的《归新安祭墓文》，祭文如下：

一去乡井，二十七年，乔木兴怀，实劳梦想，兹焉展扫，悲悼增深，所愿宗盟，共加严获，神灵安止，余庆下流，凡在云仍，毕霖兹荫，酒餮之奠。惟告其衷，精爽如存，尚祈鉴向。

如祭文所言，此时距离朱熹第一次回乡，已经过去了二十七年。其时，朱熹早已名动天下，气势如日中天。想来在其身后不远，门生信徒们前来拜祭的也不少，或许在朱子的声名最为鼎盛的时候，往来文公山的人们，也如山上松影一般，微风一起，便涛涛似浪。

而我的文公山之旅，是孤独的。在整个文公山之行中，我只遇到过一个人。那是一个黑瘦的中年山民，穿着一件迷彩服，肩上扛着一根硕大的假木头，他与我在上山的石阶上相遇。

八百多年后的今天，在文公山的松涛树影里，不知可还有人能够听到朱子虔诚诵读、告慰先人的声音。

我听到他的胶底解放鞋在雨后的石板上擦出一点窸窣的响，此外，便是一片寂静无声。

我们擦肩而过，而后便各自远去了。

在那岁月深处

说来奇怪，我本来对朱熹并不熟悉，而且以前即使听到他的名字也不会有特别的亲近之感，现在，却突然变成了他的"粉丝"一般，以至于在婺源县城里，也在试图寻找每一处有关他的记忆。

而我对朱熹的那一点点所知，大都是从资料里读来的。

在1985年出版的《婺源地名志》中，婺源县城叫作"城关镇"。中华人民共和国成立以后，中国很多县城所在地，都叫"城关镇"，是一种统一的行政表述。早年间，它叫"弦高镇"，更早的时候，它叫"蚺城"。"蚺"是一种体型巨大的蛇，以城内有山阜，起伏如蚺蛇状，故名。唐天复元年，公元901年，婺源县治由清华镇迁于此，至今已有一千一百多年的历史。

然而婺源人仍然坚持自己的习惯，称呼它为"紫阳镇"。

是因为朱熹别号"紫阳"吗？有可能。

文化总是在岁月深处流淌，如血液流淌在我们的身心。在关于婺源的文字中，有多处对朱熹遗迹的记载，但即便是问到紫阳镇的老住户，他们也很难说得清。近年来，为了将朱熹遗址，打造成婺源的旅游亮点，相关文化部门积极投身到朱子婺源史实的探究中。据史志记载，紫阳镇现存朱熹遗址有"朱氏一世祖墓"，朱熹始祖茶院公朱瑰，自唐天祐三年（906年）从安徽歙县篁墩迁至婺源；有位于县城西北角三都村的"朱绯塘"，但这口塘现在已被填平；有位于高砂石头崛村的"朱氏家庙"；有位于龙居村的"朱文公墨池"；还有位于老城区的"虹井"和"廉泉"，等等。但没有人说得出具体的位置，尤其是"虹井"和"廉泉"，俱已淹没在老城区的鼎沸人声之中。

　　我第一次到婺源来，是一个细雨蒙蒙的秋日，满地落叶金黄，秋雨秋风中安静又冷清。那时我完全预想不到它春季的烦嚣，想象不出在旅游的旺季，油菜花开时，它如涌的人潮。然而巨幅旅游广告依然是随处可见，广告

※ 石刻朱熹像

词说："我在炊烟升起的婺源等你，你不来，我不老！"大大的惊叹号，颇有煽动性。

　　或许少有游客像我这样，我头一个想看的，是朱家的"百亩田地"。这个在书中数次被提到的地方，让我很想看看它们是否仍在婺源的土地上，如今归谁所有，上面栽种的是油菜花，还是青葱的茶树。史书上说，后来大名鼎鼎的茶院朱氏——婺源朱氏出自吴郡，也就是旧称"姑苏"的苏州城厢一带，自唐天祐年间迁至婺源，到朱森已是第五世。每当想起祖上朱瑰，率兵三千防戍婺源、置买茶院的风光，朱森难免心有不甘，加之屡次不第，朱森在婺源的日子过得并不顺心。好在长子朱松锦绣文章，时人誉为"笔端著处皆春

※ 饶河源国家湿地公园

容"，少年时便已出名。他的亲事也很让朱森满意——岳家为歙县名士，也是富商的"祝半城"。

此人便是朱熹的外祖父祝确，字永叔。祝氏世为歙县望族，家产几占州城一半，因之世号"半城"，室名祝太傅宅。朱熹曾作《祝公遗事》，赠予表弟祝康国珍藏。朱松二十一岁那年进士及第，以同上舍出身得授福建省政和县尉，终于实现了父亲的愿望。朱森喜极，兴奋之下决定随儿子一同上任。他将家中仅有的百亩田产尽数抵押，携妻子儿女举家入闽。想来他们走的是闽赣古道，沿途有鹅湖驿、紫溪驿、车盘驿、大安驿、黄亭驿、长平驿等大大小小十多处驿站，商旅往来不绝，日夜驿马奔腾。

那是北宋政和八年，公元 1118 年，朱森一家离开了徽州老家，前往仕途与路途一样不可知的福建政和。他们的身后扬起漫天的沙尘。尘雾中，是家乡渐行渐远的青山碧

※"菩萨"俯视星江

水，旧宅上高高的马头墙，还有那抵押出去的百亩田产。"百亩"是很大的一份田产，因为彼时的徽州是"七山一水一分田，一分道路和庄园"。

赶路人的身影模糊了，太阳渐渐落下去了，夜幕一点一点染黑了天光，最后将故乡的一切淹没。

暮色何其辽阔，朱森想。

带领全家远赴福建时，朱森四十七岁，还在壮年，三年后他病逝于福建政和县署官舍。由于方腊领导的农民起义军，其时正驰骋于浙皖边界各县，加上经济窘迫，朱松无法将父亲的灵柩归葬婺源，最后将他葬在了福建政和县东鹮乡护国寺的西庑。

※公园中的一棵树

紫阳乡绅朱森，再没有回到他的故乡。

多年以后，他的儿子朱松被葬在了福建崇安的五夫里，同父亲一样，他也没再回乡。"婺源先庐所在，兴寐未曾忘也"，朱熹出世时，朱松写信给婺源族人这样说道。
日夜不忘故土，是朱松诗文中反复出现的主题。他怀念故乡的诗作
很多，其中一首写道：

> 天涯投老鬓惊秋，
>
> 梦想长江碧玉流。
>
> 忽对画图揩病眼，
>
> 失声便欲唤归舟。

　　这首诗令我动容。不知在他生命的最后时刻，是否还记挂着婺
源老家那抵押出去的百亩祖产，记挂着田地上青青的茶树。就是因为那未能赎回的百亩土地，我想他离开时一定还有牵挂。他不知道多年以后，有一个名列孔孟之后的孙子，会为他赎回这些土地，并将那百亩田租划作族产，以供茶院朱氏一族祭扫之用。

※ 如今的婺源县紫阳镇

作为婺源茶院朱氏九世孙，朱熹虽生于闽、长于闽、学于闽、仕于闽，但始终不忘婺源，不忘徽州。他一生两次回乡扫墓，为宗族做了三件大事：一是以百亩田租充祖茔"省扫祭祀之用"，二是找回湮失已久的始祖之墓，三是纂修了《婺源茶院朱氏世谱》。

祖茔和族谱，向为徽人所重，这就如同徽州之于婺源，婺源之于朱熹。

都是故土。

如果有一天他不在

婺源城里，最有名的景点"熹园"，坐落在幽静的锦屏街上，顾名思义，与朱熹有关。

景点介绍上说，熹园是文化意蕴深厚的"文人写意山水园"，对于朱熹，似乎并不强调。

时令已是暮春，蔷薇开得正好。古人有"到蔷薇春已堪怜"句，春天正一步步离开婺源，就是这时，我走进这座"有关于朱熹"的园子。这已经是二进熹园，我希望这一回能够找寻到一点什么。在

这里，似乎一切都与朱熹有关，又似乎一切都与他无关。游人们大声喧哗，边走边随手拍照，没有人特别在

※熹园里的许愿牌

意朱熹，以及与他有关的文化。陪同的老师，是当地的文化工作者，一路走一路介绍这是某处遗址，这是某人故居，我于是知道，熹园是建在朱子祖居地朱家庄旧址之上。自茶院朱氏二世祖、三世祖在此定居后，此地便名为"朱家庄"。整个园区环绕"朱绯塘"展开，依次建有"阙里牌坊""尊经阁""澹成堂""朱家祠"等徽派建筑群和"紫阳书院""文化碑廊"等文化景观，旅游的内容大于文化。

好在催生朱熹千古名篇的"朱绯塘"，在青天下异常清澈。

与金灿灿的油菜花比起来，柳树似乎更受文人的喜爱，尤其是在水天相映的江南，垂柳更是必不可少。春水初动，杨柳新绿，在春日下柔美而轻盈。传说尤溪八景之一的"韦斋垂柳"，是少年朱熹所手植。我没有去过福建尤溪，也不知韦斋故居是否还存在，只能从朱熹诗中感受那"袅袅柔丝正拂廊，好将垂柳做甘棠"的娴静。

天突然就下起了大雨，陪同的老师慌忙将我们引入茶馆。茶馆

※ 虹井亭

※ 在熹园玩耍的孩子

是由朱氏后人的旧宅改建而成。最早的主人名叫朱焕文，清代徽商，而茶馆沿用旧称，名"澹成堂"。

"澹成"二字源于"淡泊以明志，宁静以致远"，出自诸葛亮晚年写给他八岁儿子诸葛瞻的一封家书。

虽说做了茶馆，"澹成堂"却不喧嚷。周遭散发着老宅子所特有的气息，茶案和古琴在幽暗中闪着久远的光芒。菊花茶也好，有深谷的幽香。听说婺源皇菊为当地名优特产，色泽金黄，花瓣密实，华贵如牡丹，因产于高山红壤，花瓣里含有多种氨基酸、维生素和微量元素，近年来成为养生新贵们的新宠。隔着雨帘，看见对面屋顶上的鱼鳞小瓦，正在一点点变黑，很快成泼墨一般的颜色。徽派

※ 朱绯塘一角

建筑所独有的"四水归堂"，一时水泻如注，仿佛雨瀑，发出巨大的声响。

听风、听雨、听琴，身在婺源，一如徽州。

熹园"虹井亭"为新建，以覆蔽传说中的"虹井"。这口井据说在朱松和朱熹出生时，曾两次升腾起袅袅紫气，呈现出祥瑞之兆。然历史上的"虹井"，是在这里吗？我曾按图索骥，去婺源老城区寻找"虹井"，却遍访不见，不想在这里出现了。"紫阳书院"也在熹园如期而出，紫底金字的牌匾华丽庄严，比文公山谷间的"紫阳书院"，看上去要"高大上"得多。

只是幼时的朱熹，真的在这座园子里住过吗？抑或在这座园子里读过书？

没有，绝没有。幼年的朱熹没有来过熹园，熹园是今人旅游思维下的作品。他甚至也没有到过朱家庄，他只是在父亲的口中一次

※ 熹园内的"紫阳书院"

次听说。幼时的朱熹，居住在福建尤溪城南的毓秀峰下，五岁开蒙，随父亲朱松读书。"洞洞春天发，悠悠白日除。成家全赖汝，逝此莫踌躇。"这是朱松为勉励儿子读书，专门写的一首《送五二郎读书诗》，殷殷切切，期盼甚高。他接受的是父亲为他设定的二程理学教育，以《四书》为本，始读《小学》。伴着春日初生的细柳，朱熹大声诵读一部部国学经典，开始了自己圣人之学的第一步。

著名学者钱穆先生曾说："在中国历史上，前古有孔子，近古有朱子。此两人，皆在中国学术思想史及中国文化史上发出莫大声光，留下莫大影响。旷观全史，恐无第三人堪与伦比……朱子崛起南宋，不仅能集北宋以来理学之大成，并亦可谓其乃集孔子以下学术思想

※ 园中一处安静的老宅"绣楼"

之大成……自有朱子，而后孔子以下之儒学，乃重获新生机，发挥新精神，直迄于今。"

　　中国哲学思想史上有两个最繁荣的时代，一个是先秦时代，另一个是宋明时代。宋明时期，是中国历史上哲学家、思想家出现最多、思想水平最高的阶段，以朱熹儒家思想为代表的宋明理学，是先秦儒家思想新的发展。然而他对闽地的影响，似乎远没有对徽州的影响深刻。据著名徽学专家叶显恩统计，明清两代徽州共有书院五十四所，而"以紫阳为大"，"六邑诸儒遵文公遗规，每岁九月讲学于此"。这指的当然是歙县的紫阳书院，文公指朱熹。朱熹对徽州人读书入仕的推动是巨大的，而徽州在科举上的盛名，也有部分来源于朱熹在全国显赫的声名。方志记载："自井邑田野，以至远山深谷，居民之处，莫不有学、有师、有书史之藏。其学所本，则一以郡先师朱子为归。"一点也不夸张。正是在朱熹的影响下，明清两代徽州进士及第的人数，才远远超过了江南各省。

现如今，堂皇的紫阳书院已无一人的读书声。当然它依然热闹，是游客的欢声笑语取代了诵经读史的庄严肃穆。

而朱子犹在。紫阳书院正堂的最中央，挂着他的大幅画像，与文公山教书先生似的写实人物像不同，这幅朱熹像是一幅典型的"圣人像"。画中的朱子慈眉善目，拱手而立，望之令人生敬。

我正静静地看着画，突然一个十七八岁的年轻姑娘跑到我身边

※《朱子家训》碑刻

站定，我很纳闷，只听她说："快，合个影！"然后歪头比了个"剪刀手"。

我赶紧退开，只见一个男孩快速跑过来，替她拍了张她和朱熹的"合影"，然后大声问她，朱熹是干什么的？

的确，对于现代社会中的现代人来说，这个名字有些陌生了。

如果有一天，朱子不在，婺源会是怎么样的呢？我知道油菜花依然会开满山野，至于其他的，没有人能够回答。

许村许村，你是我的乡愁吗

许氏的郡望在高阳，这我在很小的时候就知道。

我也姓许。而且我知道我爷爷是划着竹排，顺着水，从他的家乡来到我的老家的。

※ 婺源渔人

再久远的事，我就不知道了。我记事的时候，我爷爷在县城的饼干厂工作，已经很多年了。我妈说他以前是做生意的，把山里的竹木用水路运到这个小码头来，还说他聪明，也精明。可在我的脑海里，没有一点我爷爷的精明的样子，他是圆圆的脑袋，剃着花白的板寸，去上班的时候穿着整整齐齐的中山装，回家的时候，整齐的中山装上就沾满了雪白的面粉。

我一点儿也不怕他，经常大声喊他的外号。

他的外号是"公家小老头"。我喊他的时候，他是笑眯眯的。我时常想念他，想着他到底是从哪个地方划着竹排，顺着水，来到我家乡的呢？

许村许村，你是我的乡愁吗？

不复当年许月卿

十年不语的婺源人许月卿，终于开口说话了。

这是元至元二十三年，公元 1286 年。这一年，许月卿已经七十岁了。他自觉去日无多，于是在某一天突然开口说话，算是临终遗言。

※ 许村镇边油菜田

遗言分两个部分：一是自己入殓时，一定要穿当年集英殿皇帝御赐的红袍，以示尽忠；二是向两位老朋友致敬，一个是履善甫，一个是谢君直，都是他的知音："死矣，履善甫得其所矣，不可复作矣。谢君直与予皆不苟合与世者矣，是尝顾此于予，是深知予者也。"履善甫死得其所，谢君直不苟活于世，将文谢之死做一番评说，这便是许月卿临终前的交代。

许村是许月卿的村子，虽然连很多许村人，都已经不知道他了，但我坚信，许月卿没有消亡，他仍然站在历史深处。

很少有人知道，许月卿所说的履善甫，就是文天祥。《宋史·文天祥传》载："文天祥，字宋瑞，又字履善，吉之吉水人也。……体貌丰伟，美皙如玉，秀眉而长目，顾盼烨然。"根据《宋史》里的这段话，我们知道了，文天祥不仅铁骨铮铮、大义凛然，而且是一个"美皙如玉"的美男子，"顾盼烨然"。也不仅如此，文天祥还是宝祐四年（1256 年）丙辰科状元。这一科，全国一共取士六百零一人。用今天的标准衡量，这个人的特点是又忠又义、又红又专。

"宝祐"是宋理宗赵昀的年号，南宋使用这个年号，一共也就六年。文天祥初名云孙，字天祥，后以"天祥"为名，改字"履善"，宝祐四年中状元后，改字"宋瑞"，号"文山"。古人"三十以后以字行"，是因孔子的"三十而立"，"履善""宋瑞"等，均是为了表明自己的志向与心迹。

许月卿做这番临终评说时，南宋状元文天祥已经早他三年，于1283年农历十二月初九日，在元大都慷慨就义；而他提到的另外一位谢君直，在他死后三年，1289年四月初五日，也于元大都的"悯忠寺"，绝食五日而死。谢

※ 许村镇的老楼和新楼

君直名枋得，字君直，南宋著名诗人，诗文豪迈奇绝，自成一家。靖康后带领义军在江东抗元，被俘不屈，在京殉国。而他们所效忠的赵宋王朝，更是早在十年前，1279年二月初六日，就已经随着陆秀夫背上那个八岁的小皇帝赵昺沉入崖山的海底而灰飞烟灭了。

如今，行走在古老许村深深的街巷中，我一时并不确定自己在寻找什么。

不知道哪是许月卿的老屋，不知道谁是许月卿的后人，我不知道崖山之后的十年，临死之前的五年，许月卿怎样度过。除了他寥

寥数句的临终遗言，这个人的一切，我都不知道。而面对我的询问，许村的人们，似乎比我还要茫然。

晚清名臣张之洞有《读宋史》诗：

> 南人不相宋家传，自诩津桥惊杜鹃。
>
> 辛苦李虞文陆辈，追随寒日到虞渊。

寥寥四句，道尽两宋三百年历史。诗中所说"李虞文陆"，是指李纲、虞允文、文天祥、陆秀夫，皆为南宋名相，靖康之变后，追随宋室南渡，最终文天祥成仁于北，陆秀夫蹈海于南。崖山一战，据日本方面的记载，宋元双方投入的兵力大约五十万人之多，但南宋二十万人中，包括了文臣及其眷属、宫廷人员和普通百姓，实际兵力不过五万左右。当元军呼啸而来，茫茫大海、逃无可逃之际，陆秀夫对小皇帝赵昺说："圣上，咱们已经无路可走了，请圣上随老臣，一起沉海吧！"小皇帝赵昺就乖乖地趴在了陆秀夫的背上。四十三岁的陆秀夫，最后看了一眼大陆，纵身跃入滔滔大海之中。随行军民见状，纷纷扑向大海，崖山海面浮尸十万，那一天，十万军民同日尽忠。

也许就是从那时起，许月卿不再说话——他以他的沉默，表达他对宋室的忠诚。

报国无门，唯有孤愤。当年，谢枋得闭门不出，众人不解，于是谢枋得手书"要看今日谢枋得，便是当年许月卿"，以明心志。

当我读到这段历史的时候，心中悲凉难言。放眼七百多年后，世间再无许月卿，谢君直的那句"当年许月卿"，竟成绝响。

而如今，徘徊在你的村子，还能找得到你多少的痕迹呢？

怡心楼前看夕照

网上盛传，许村有楼曰"怡心"，是光绪年间大茶商许畅芝的老宅，富丽堂皇。循碎石小路蜿蜒进村，一派田园风光。路两边是庄稼和菜地、鸡舍和鸭舍。鸡和鸭们，啄啄停停，都很活泼。富资水在不远处潺潺流淌，有妇人在河上洗涤，男人牵着牛回家，又是夕阳西下时刻。富资水东出箬岭，是新安江支流练江的一条支流，而许村最早的得名，即是

※ 不知名的古建筑

源于这条古老的河流。许村古称"富资里"："去歙四十里，曰许村，即古富资水地。"古人常以姓氏给村庄命名，古称"富资里"的许村，据称已有一千五百年的历史，是一个相当古老的村落。但古民居的保存并不完整，偶有粉壁黛瓦马头墙，隐约在钢筋水泥的现代建筑之间，显出几分衰败和寥落。婺源保存完好的古村落，在李坑、汪口、晓起、江岭一线，开发得也比较早。因此许村旅游就比较冷清，即便是在油菜花盛开的旅游旺季，来许村的游人也不多。

村人们引为骄傲的"怡心楼"，是一座建于光绪三十四年（1908年）的老屋，为光绪间名闻江南的茶商许畅芝的客馆。光绪三十四年是公元1908年，距今也才一百多年的时间。许畅芝又名许云

※ 许村镇街景

薪，没有查到他的资料，而关于怡心楼的资料，也一样寥寥。我仅查到它面宽十一点九米，纵深十六点五米，高九点四米，占地面积二百八十平方米，在当年应该是很宏阔，今天却已经陷在密密麻麻的民居之中了。整栋建筑分前后两进，上下二层，内设男女客馆、厅堂和书斋等。说它特别，是指它厅堂中央的三个方形藻井，构件环环相扣，飞金流彩，金碧辉煌。看了怡心楼的藻井，我才知道了什么叫作"金碧辉煌"，因为藻井上的彩绘，基本上是金碧两色。据称这种彩绘建筑，在婺源仅此一栋。我想不仅婺源，在整个徽州地区，彩绘都不多。徽派建筑崇尚黑白两色，所谓粉墙黛瓦，木雕也多为清水雕。这是徽商趣味的体现。徽商之所以被称作"儒商"，一是读书取士，

※怡心楼

※ 类似"影壁"的建筑物，中间堆满了木柴

二是趣味高雅，常有一种低调的奢华感。当然，怡心楼的木雕，除彩绘之外，也如我见过的徽州木雕一样精美繁复，内容多为忠孝节义、耕读传家等传统题材。村民们炫耀说，《聊斋》等多部电视剧，在这里拍摄过。

在长达六十多年的时间里，怡心楼都是许村镇的办公场所。我们去的那天，因为是星期天，楼里没有什么人，但墙上"许村镇党务公开栏"和"许村镇党的群众路线教育实践活动办公室"的红色标牌，在幽暗的屋宇下异常醒目。余晖从高狭的窗棂间透进来，越发显出房屋的古老。也许正因为是村镇的办公场所，这座建筑才得以完整地保留。看怡心楼的气势，许畅芝当年的生意，应该做得不小，不然不会造这么大的客房。说是客房，但从某种意义上说，它是婺源茶商的一个聚会场所，一个交易场所。这一带的自然条件、生态环境，特别是雨量、气候、土壤等，特别适合茶叶种植，地处江西、安徽、浙江三省交界地带的婺源，是著名的"绿茶金三角"。"绿茶金三角"的核心区域：休宁齐云山、黄山一带，婺源大鄣山，开化大龙山一带。山高林密，云雾缭绕，盛产品质优异的高山茶，茶叶便成为徽商赖以发迹的行业之一。婺源茶园大多在高山深谷之中，饱受雾露滋润，芽叶丰厚柔软，含有丰富的维生素、氨基酸等营养成分，炒制出来的绿茶香气馥郁、滋味醇厚，具有"叶绿、汤清、香浓、味醇"的特点，所以婺茶在徽茶中，又独胜一筹。

按说这个许畅芝当是婺源的大茶商，然而不知为何，并没有查到他的资料。婺源产茶历史悠久，早在唐代就是著名的产茶区，唐陆羽所著《茶经》中，就有"歙州茶生婺源山谷"的记载。《宋史·食货》更是将婺源"谢源茶"列为全国六大绝品之一。明清时，号称婺源"四大名家"的溪头梨园茶、砚山桂花树底茶、大畈灵山茶和济溪上坦源茶，均被列为贡品。

婺茶胜金。

白居易在他的《琵琶行》中，有过这样的描述："商人重利轻别离，前月浮梁买茶去。"诗中的"浮梁"在哪里呢？在今天的景德镇，与婺源紧邻。由于当时的交通不便，徽州的茶叶多是运到江西的浮梁县进行交易，可见从唐代起，浮梁就是国内重要的茶叶集散地。进入浮梁的茶叶，经阊水入鄱阳湖，然后从湖口进入长江，再转销全国各地。

1935 年，美国学者威廉·乌克斯在他的《茶叶全书》中称："婺源茶不独为路茶之上品，且为中国绿茶品质之最优者。"十八世纪曾被称作"茶叶世纪"，由于1757年后，清政府规定西方各国来华贸易，"一律在广东收泊交易"，徽州茶商纷纷奔赴广州，时人称之为"漂广东""发洋财"。很多发了洋财回来的徽州人，形容到广州去做外国人的茶叶生意，就像到河滩上弯腰拣块鹅卵石一样。中国茶叶开始出口欧洲，大约在明末清初，首先是在荷兰登陆，其后风靡瑞典、西班牙、普鲁士、法国、丹麦、葡萄牙等国。英国稍迟于荷兰进口中国茶叶，到了十七世纪末期，英国各阶层已经饮茶成风。西方市场的巨大需求，使得茶叶贸易成为国际通商中的最大单项贸易，以至于整个亚欧通商的十八世纪，被称为"茶叶世纪"。当时中国每年销往欧洲国家的茶叶，大约在二十四万担，其中英国进口的茶叶最多，约占总量的三分之一。而茶叶带给英国国库的税收，平

※ 暮色中的小镇

均为每年三百三十万英镑，也就是说，从中国去的茶叶，提供了英国国库总收入的十分之一。

在这样广阔的世界贸易大舞台上，徽州茶商也迅速崛起。我国著名的铁路工程师詹天佑，祖上就是到广东去做茶叶生意的婺源商人。他的祖父詹世鸾，家乡观念极重，好义举。有一回，一个徽州茶商在广州的铺子遭了火灾，一贫如洗，连回家的盘缠也没有了，他知道后立即赶去，资助了上万两白银。一出手就是现银万两，由此可以看出他资本的雄厚。

然而和婺源茶商许畅芝一样，今天也很难找到关于詹世鸾的资料。岁月如浮尘，覆盖了很多人和事，今天我们已经无法知道，他们曾经怎样经营、怎样交际、怎样生活。我们难以还原这些生命的温度，即使他们曾经辉煌，但是岁月一视同仁。

茶商因在茶叶运销中的职能不同，大致可分为收购商、茶行商和运销商三类。茶叶收购商，徽州称为"螺蛳"。茶叶开采季节，他们走乡串户收购毛茶，因背负口袋行走山间，酷似水中爬行的"螺蛳"，故得了这么一个称号。茶行商的业务，主要是代为运销收购商收购的茶叶，一般为经纪人，也有的兼营毛茶加工业务。运销商至产茶区贩茶，必投茶行，给验茶引，预付货款。茶行商人代为收购，抽取佣金。开设茶行，要经过官府批准，领取照帖，俗称"茶引"。

茶引是茶商缴纳茶税后，获得的茶叶专卖凭证。茶商缴纳百分之十的引税后，产茶州县发给"茶引"，凭此引贩运茶叶可免税，类似现代的购货凭证和纳税凭证，同时也具有专卖凭证的性质。徽商经营茶叶，有茶号、茶行、茶庄、茶栈等多种类型。茶号犹如今天的茶叶精制厂，茶行类似牙行，茶庄为茶叶零售商店，茶栈则一般设在外销口岸，如上海、广州等地。婺源段莘、溪头、江湾、秋口、大鄣山、沱川、浙源、清华、思口、紫阳、太白、中云、赋春、许村、珍珠山、镇头等十六个乡镇共一百七十一个行政村，地理坐标在东117° 22′ ～ 188° 11′，北纬29° 01′ ～ 29° 35′，是婺源绿茶农产品地理标志地域保护范围。婺源地属黄山余脉江南丘陵地带，地势大致由东北向西南倾斜，境内山峦重叠，溪涧纵横，森林覆盖率百分之二十八。行走在这样的土地上，能够深刻感受到跌宕的丘陵地貌。农历三月将尽，春茶见老，山坡上很少见到年轻的采茶姑娘，偶有老妪在路边的茶园里忙忙停停，采摘枝头的嫩芽。据说这样的茶叶采回去，是为了自家喝。满山的茶树，自己也舍不得喝吗？婺源乡村，家家种茶，人人饮茶，旧时不仅上山采药、下田耕作要带上茶筒，而且村间山道上还设有茶亭。农家茶的茶具，是一种青花小碗，婺源叫汤瓯，简朴而实用。即便是山野乡民，煮水烹汤也十分讲究：火有文武之分，汤有三沸之法，候火辨汤，历来为婺源茶人所津津乐道。

春气依然浮泛，春光却如春茶，也渐渐暗沉了。山上和村上，很少见到年轻人的身影，年轻人都进城打工去了，因此采茶的成本很高。去年一个采茶工的工资，还是一百五十元一天，今年就涨到了两百元，即便这样也很难招到。如今在徽州，连"采茶大嫂"也很少见到了，"采茶调"里的"采茶姑娘"，基本变成了"采茶奶奶"。茶叶的时令性很强，明前茶在每年清明的前十天采摘；雨前茶在每年的谷雨前、清明后十五天采摘。一共加起来也就二十五天的采摘期。早一天是茶叶，晚一天是树叶，所谓"明前茶，贵如金"，早茶的金贵，就在一个"早"字上。

所以季节性用工荒，不仅在沿海的深圳、广州，甚至也远在徽州的茶山之中。

守候怡心楼的，是一对老夫妻，儿女都在遥远的广东打工，即便是采茶的"忙季"，也不回到家乡。太阳渐渐西沉，楼宇越发幽暗了。怡心楼的雕梁画栋，俱已抹上夕阳的暖红，陈年的木质窗棂，闪烁着沉甸甸的金属光芒。看门人听说我想去村外的老桥看看，便转出大门，为我指点路径。身后，大门闭合的声音，如同老人的声息，悠长而苍老。

桥如残垣草如烟

　　人若是与桥相遇了，也是一种缘分，那是你正站在我要走的路上。

　　我在许村，恰好遇到这么一座老桥，在古老的徽山徽水间，在太阳一点一点沉落的时候。

　　那情形难以设计和预料。我料想的如此情境，只在古人的笔下出现，或是留在泛黄的古卷之上，如今，却恰好与它在这里相遇了。

　　料想它已过耄耋。夕阳西下了，瞧见它的时候，落日的余晖正映着

　※ 镇边老桥

它满头白发一般，苍苍的衰草上。

徽州多水，因此多桥，婺源也是。婺源作家洪忠佩，曾专门写过婺源的桥。婺源最有名的桥，当然是清华镇的彩虹桥，我也曾慕名前往，但只是远远一望，就看见万人如蚁、甚嚣尘上，瞬间便失去了接近它的勇气了。感受徽州的古桥，当在夕阳残照之下，或是细雨蒙蒙之中，像这样鱼贯而入、接踵而行，在导游声嘶力竭的吆喝声中，磕磕绊绊地走过彩虹桥，还能否感受到徽桥的美好？

所以在清华镇，我只是在如腾如沸的人气之外，远远地看了一眼彩虹桥。我甚至怀疑，作家洪忠佩笔下美丽的徽桥，大都已在婺源的土地上消失了。我也因此对许村之行抱有特别的期待，听说在许村镇，至今保留有二十二座古石桥。我想去寻访这二十二座古桥，哪怕只是寻到一座。

我没有想到的是，当茫然无知的外乡人一头扎进这陌生的乡音弥漫的古镇，对于迷茫的一切，则更迷茫了。

程大姐一双笑眼，看着比实际年龄要轻一些。

从许村镇公所出来的时候，我呆站在铁门前，不知该向哪儿去。她站在那条窄窄的巷子的对面，笑着问我们："你们要去哪里呀？"我从她脸上捕捉到了一丝好奇夹杂期待的神色，立刻像捉住救命稻草一样捉住了她。

我问："大姐，许村有几座古桥，你知不知道在哪里？"她说："知道的，知道的！"

她带领着我们从村中的小路穿过。我们刚来许村时走的是一条水泥铺的大约四车道宽的大道。而村里的小巷道还多是青石板铺就，在徽州古建筑已然稀缺的许村镇，这算是一项古老的遗存。程大姐一身朴素的灰衣，脚上蹬着双长筒胶鞋（没有下雨，不知是不是当地人的习惯），带着我们一路从曲里拐弯的乡道上前行，一路说着村边的老桥。她说村边有座老桥叫作"和睦桥"，是有故事的，然后说了一个两兄弟如何失和，如何耻笑于乡里，有一日在桥上相逢，又如何重归于好的故事。

她不太像徽州妇女，徽州妇女不怎么爱说。徽州男人也不怎么爱说，对外人普遍保持一种警觉。这和历史上徽州男人多外出经商，村中俱是妇孺有关。

而程大姐不仅爱说，普通话还挺标准的。她说的和睦桥的故事让我听得津津有味。如同一切民间传说一样，这个故事也有一个十分世俗而又向上的主题，然后一个皆大欢喜的结局。我是不大相信的，就问她知不知道许月卿，她反问我："是写什么诗的？"

许村的街景色调灰暗，路边时不时有露天堆放的水泥砂石之类，几乎家家都在建新房，建的式样有仿古的新徽派建筑，也有新农村

※ 本书作者和许村镇程大姐合影

建设中处处可见的西式小洋楼。程大姐说她家也盖了新房，三层，她告诉我说这边流行盖高楼，最高的有七层的！

然后脚步一转，村外的景色就如程大姐的欢声笑语一般，蓦然开阔起来。

富资水从村边无声地流过，油菜花依然零零星星地开放，和睦桥便站在一片葱茏的田野之上。没有农人劳作，却有满目春光陪伴着的古桥，看上去仍然有些寂寞。在程大姐的口中，这条水名叫"赋春水"——诗词歌赋的"赋"。但是资料显示，这条水叫"富资水"，到底也不知道哪个正确。不过在我看来，"赋春"二字比"富资"要好。叫"水"的河流都很古老，那么富资水一定也是一条古老的河流。

跨越它的桥梁，是哪一年哪一月、哪个人出资建造？有关它的一切，想来今天已经无人知道了。

徽州多河流，河上多古桥。徽州人把架桥铺路，看作"义举"和"善举"，所以行走在徽州的乡野，常常会不期而然遇到一座老桥。多是石拱桥，又多是单拱，如眼前这座，在古老的富资水上，静静地拱着。拱起的桥洞，笼罩在落日之上，河上波光粼粼，仿佛一川胭脂，美极了。因为久无行人走动，桥两边长满了蒿草。正是植物生长季节，草一副恣肆的样子，如满头白发一般，遮掩了老桥的面貌。

河面上的胭脂红，不知何时已经褪去，是暮色上来了。静静的油菜花田的两端，古桥与一株老树遥遥相望。它们这样相互凝视了多久，几十还是上百年？

在恒久的日升日落中，岁月亘古不变。

这样的漫长，羡慕不来。或如我和程大姐一样，萍水相逢，也是缘分。回去的路上，宁静的村落愈发的宁静了，程大姐的声音也低了下来，她微侧着头，小声和我说了一些她以前的事，说她父亲的事、她姐姐的事。

她说以前她也吃过苦，但是现在很好。

村道上的路灯，渐次亮了起来，温暖了古徽州的暮色。

※ 婺源的河流

一川碧水向婺东

霏霏细雨之中，我进入汪口老街。

老街有上千年的历史，婺源旅游干脆以"千年古街"为号召。游人摩肩接踵，一街的雨伞，五颜六色。明清时期，汪口为徽州府城陆路经婺源至江西饶州的必经之地，也是婺源县城连通东北乡水路，货运至乐平、鄱阳、九江等地的重要水运码头。当年这条老街上，店铺林立，商贾云集，河上樯桅林立，千舟待发，商船往来如梭。

河是"永川河"，汪口古称"永川"，是一个俞姓聚族而居的古村落。

天空时雨时歇，老街外的青山，越发苍翠了。

古街复古巷，古村岁月长

汪口的旅游，确实做得很好。这首先表现在每条街每条巷、每一宅每一堂，都有明确的文字说明，而且设计统一，文字古雅，融环境为一体，成为老街的一道风景。徽州的地名多有些"口"啊"坑"啊之类的词，这与当地多河流有关。比如在汪口村口的旅游介绍上就说，汪口地处两河交汇，因村前"汪汪碧水"而得名；而古称"永

※ 古老的巷道

川"，则取《诗经·周南》"江之永矣"之意。

俞姓始迁祖，希望自己的后世子孙，如流水一般绵长。

徽州村名，除地理意义之外，也颇具深意，很少像平原上那样，王庄、李庄，文楼、徐楼，丁疃、陈疃，大都以姓氏来命名。徽州的村名都很雅驯，显示出中原世族深厚的文化底蕴。比如汪口老街，正式名称叫"官路正街"，表明它在汪口"一街十八巷"中正宗正统、不可取代的地位。

中国古代有所谓的"官道""商道"之分，"官道"也称"驿道"，为古代陆路交通主干道，相当于我们今天的"国道"，同时也是重要的军事设施，用于转运军用粮草物资、传递朝廷旨意和军情军令。

※"一经堂"外墙

"商道"俗称"骡马大道",为民间商业运输主干道,在有些地方,尤其是在徽州这样的山区,往往与驿道合而为一。

如今的合肥人都知道,合肥市内有一条主干道叫作"徽州大道",整日熙熙攘攘、车流不息,十分繁忙。而在婺源历史上,也曾有这么一条整日熙熙攘攘、车流不息的古驿道,历史上也称"徽州大道"。这条重要的古驿道就是徽饶古道,始建于唐,自徽州歙县城关起,从休宁至婺源,蜿蜒而达江西瑶里,全长百余公里。路面全由长约四尺的青石板铺砌而成。而这条徽饶古道当年的地位,与徽杭古道相当,是古代徽商入赣的重要通道。

汪口老街既是"官路",又是"正街",所以可以想见,旧时的"官路正街",在汪口众多的街巷中地位是多么的显赫。1375年前后,明代官府在汪口设立了第一个行政机构"汪口驿铺",用于投递公文。我希望能够找到"汪口驿铺"旧址,但遍寻不见。我怀疑今日老街上的"乡约所",即是以前的"驿铺",但走进去看看,发现亦为明清旧设,为古代徽州乡村中的基层管理组织,也是宗族对族人进行道德伦理训教的场所。老街上有很多明清老宅,游客们大都匆匆而入、匆匆而出,在导游声声不息的催促声中,脚步匆忙地往前赶。偶尔也有人停下来,大声诵读说明牌上的句子。对俞念曾的"一经堂",就有不少人感兴趣,还有的摸出纸和笔,抄录牌上的文字。

※"一经堂"所在的巷子

　　一经堂的文字介绍上说，俞念曾官至州同知，为人宽厚义气，为官廉明清正，一经堂的"一经"二字，取自"人遗子，金满赢，我教子，唯一经"，这是一种自我表白，也是家风家训。当然这"一经"也并非只一经，而是以"一经"指代"四书五经"，作为对正统儒学的认同。汪口的老房子，除一经堂之外，还有平渡堰、懋德堂、四世大夫第、四宜轩、养源书屋、存与斋书院、柱史坊、同榜坊，等等，与这古老的巷道一样，也都保存得很好。

　　如同所有徽州古建筑一样，汪口老宅的楹柱上也是佳联如云，有题"万石家风当为孝悌，百年世业乃在诗书"的，也有"承家多旧德，继代有清风""春云夏雨殊月夜，唐诗晋字汉文章"，还有"欲高门第须为善，要好儿孙必读书"等，不仅对仗工整，而且字里行间都传达出以读书为正道的传统文化理念。古徽州虽商业发达，思想上却是认为唯有耕读传家、读书入仕才是正途。

不过对于匆匆一瞥的游客来说，这种深度的文化内涵未必能够静下心来领悟，倒是五颜六色的旅游商品更能吸引人的目光。沿街有一家伞铺，卖的是婺源名产"甲路雨伞"。竹制的伞骨，绸布伞面，上面手工画着各种花朵，一把把大头朝下挂在伞铺的屋顶上，犹如幽暗的老街突生了许多色彩艳丽的蘑菇。

还有一个竹篾匠人，在老屋宽大的廊檐下，用竹子加工一些笔筒、戒尺、烟灰缸等。旅游让古老的乡村变得喧闹，让乡村的人心变得浮动。但也有老

※ 专营"甲路雨伞"的伞铺

※ 卖砚的砚坊

人坐在廊亭的木条凳上，始终和善地笑着，用听不懂的徽州方言，和游人打招呼。老街全长近七百米，据说全村三百四十余幢老宅，有一百五十余幢坐落在老街上。一样的砖木结构，一样的粉墙黛瓦，一样的二进或三进，和徽州本土的古村落，一模一样。雨丝悠悠而落，然而只是"看上去很美"，湿滑的青石板路颇为搅扰游人的兴致，好容易等到雨停，可手中的伞没等收拢，更大的雨点又噼里啪啦地降落。我躲进了"汪口船会"，对屋内陈设和墙上的文字，细细地琢磨起来。

"船会"原为"迪公众屋"，是汪口俞氏"三六公"一脉支祠。水上运输是旧时汪口的第一生业，而"船会"是汪口船工的行业组织。这个关于船会的展示，做得很是用心，不仅有纤绳、藤索、杵棒、茶筒、饭筒、草鞋、蓑衣、竹笠等生活用品及四尾子船、大鸭篙、小驳子船等生产用具的实物展示，还绘有精确的"九江至南京上新河长江水路行程图"和"婺源往湖广德山走江西水（旱）路图"。"九江至南京上新河"全程四百多公里，有几十个重要码头。"婺源往湖广德山"全程一千多公里，迢迢千里，滩险水急。汪口古为婺源水路运输的终点，即所谓"通舟至此"。从饶州、九江、鄱阳湖过来的商船，要到此"起旱"，把粮食、布匹、咸盐以及日用百货，由人力挑往县内东乡各地，以及休宁、岭南、山斗、五城等地。船只返回时，再装载上当地出产的竹木、茶叶、桐油、棕皮、香菇、木耳等山货。因此汪口从事水上运输的船工人数，远远大于从事商业和农业生产的人数。明清时期，沿街家家设店，户户开行，裕丰同茂、悦来和德通以及裕馥隆、发芬源等老字号店铺鳞次栉比，河上常年泊有百十号商船。为了方便装卸货物，从街头至街尾，开辟了酒坊、双桂、柴薪、四公、赌坊等十八条巷道。为了与巷道通连，又开筑了十八处转运货物的溪埠码头。

可以想见的是，这里的从前和现在都是个极其富有而热闹的小镇，即便现在南来北往的船只已被南来北往的游人取代，小小的港口也因为它的见多识广，反而沉淀出一种安静的气质。汪口村落地

※ 装修一新的"乡约所"

势前低后高，极具层次感，行走其间，能够清晰地感受到依永川河而建的老街婉转的弯月形路径。

我走在河边，听得耳边有流水訇訇，若即若离，时隐时续。

雨中徜徉，老街虽饶有意趣，但毕竟人太多了。即使只是看个热闹的外行，从趣味上说，我也更倾向于汪口的十八条古巷：鱼塘巷、水碓巷、祠堂巷、酒坊巷、李家巷、双桂巷、小众屋巷、大众屋巷、柴薪巷、四通巷、桐木岭巷、汪家巷、上白沙湾巷、余家巷、下白沙湾巷、赌坊巷、夜光巷、油榨巷，以及六十多条叫不上名字的小弄堂。随处可见的配套的旅游细节，也相当完备。比如上白沙湾巷口的文字说明这样写道："上白沙湾，指的是汪口下街一带因水流形成的小河套。每当洪水过后，都会给小河套带来一层银光闪亮的细白沙，由此形成汪口历史上一道'沙湾渔艇'的景观。因小巷地处沙湾上游，故取名上白沙湾巷。"不仅有来历，而且有描述。汪口十分注重自己的历史，专门辟有"汪口村史馆"，对村落历史有详尽的介绍，这是处很有理想的景点规划，虽则大多数游人也只是匆匆而过。还有水碓巷、酒坊巷、柴薪巷、赌坊巷、油榨巷等，一望而知是某类生业的聚集地，可以想见当年的喧闹。小巷深幽，大门深掩，墙根和砖础，都湿漉漉的。和"官路正街"一眼望去满是红男绿女不同，这里少有年轻人出入，偶有老年妇女在巷道里蹒跚而过。有人家开始煮饭，据说大米是用村口的"水碓"舂出来的，

※汪口镇俞氏宗祠

不是"机器米"。明清时期，汪口有数十盘水碓日夜舂米舂谷，而后通过永川水路，运往婺东各乡。

单纯而强劲的米香在暮色中飘散，是过客们久违了的气息。

老街的那头，就是占地面积一千多平方米的俞氏宗祠，当地人称"大祠堂"。和很多徽州老祠一样，青瓦覆盖，峨角高翘，为清代中轴歇山式五凤楼建筑。在众多祠堂中，俞氏宗祠以木雕手法细腻精美而见长，斗拱、脊吻、檐椽、雀替、柱础，均饰以雕刻，刀法有浅雕、深雕、透雕、圆雕、高浮雕种种。祠堂一侧有花园，为宗祠建制所不多见，园内有三棵参天古木，居然是桂树。

即便是放在徽州本土，俞氏宗祠"仁本堂"，也足以与歙县棠樾鲍氏"敦本堂"、黟县南屏叶氏"叙秩堂"、黟县西递胡氏"追慕堂"相媲美。"仁本堂"为俞氏宗祠的堂号。徽州宗祠，一般都有自己的堂号，而以"仁本""敦本""一本""务本"为最，是农耕文明对孔孟儒学"耕读传家"的强调。

走出俞氏宗祠，门前的河埠头，就是著名的章江码头。

曲尺碣头川水平

沿窄窄的青石台阶逐级而下，可以一直走到永川河边。

段莘水和江湾水在这里汇集，河面变得宽阔，汪口当地人告诉我，这里叫作"双龙汇"。

老街近在咫尺，但喧嚣的人声，似乎已隔在千里之外了。我的身后是高高耸立的老街后墙，经风雨侵染，碎石垒砌的墙体，已成

※ 双龙汇

沉重的苍黑色。除了项目里包含龙船潭的"水上竹筏漂流"，旅游团一般不会带人到河下来；而我来，是为了寻访"平渡堰"，想来寻访江永，然而当年樯桅如林、水平如镜的"平渡"码头，如今只有一两只竹筏停泊。

平渡堰位于汪口西侧的河心，因状如曲尺，而被当地人称作"曲尺堨"，是清雍正年间，江湾人江永所设计建造。"堨"字的读音很多，按韵书至少有"揭""竭""遏"三种，而在徽州方言中，读作"褐"或"辉"，为吴楚方言。"堨"的本意是"阻塞"，所谓"石堨、水堨、陂堨、堰堨"等，都是堵塞阻隔水流的水利设施，其意与"堰"同，如"兴治芍陂及茹陂、七门、吴塘诸堨以溉稻田"。

※ 汪口的一户普通人家，黑板上写的是"四个不交"

江永是清代著名的经学家、音韵学家，而我习知的头衔还有"朴学大师",居然设计建造了这么一座科学实用的水利设施,真的让人惊诧。据当地史志记述,当年经过汪口时,江永见有两溪在此合流,水流湍急,回旋凶险,每逢洪水涨发,覆舟溺人,因此在这里"筑堰","以平水势"。站在河边,能够看到优美的"曲尺形"呈现,垒砌堰体的鹅卵石,细雨中历历在目。水流至此,果然平缓,河面也果然宽阔,我想这便是"平渡堰"中"平渡"二字的含义了。堰长一百二十米,面宽十五米,南面接续河岸,北面则与河岸之间空出五米宽的航道。这样既不影响通舟放排,又提高了水位,同时解决了蓄水、通舟、缓平水势的矛盾,是中国水利史上的杰作。

据说江永还同时是一位数学家,因此平渡堰的设计很科学。

两百多年风雨沧桑,堰体依然片石无损、完好如初。旧时汪口,既是古徽州通往古饶州的陆路必经之地,也是婺源水路货运至乐平、鄱阳湖、九江等地的终点码头——章江码头。永川河上,河溪一片,舟船如叶,鱼贯衔接,昼夜不息。汪口十八个溪埠,就是十八个货运码头。徽州山环水绕,山多田少,土壤瘠薄,不利耕种,且为季风性气候,梅雨季节,大雨倾盆,江河暴涨。为了保障生产与收成,徽州人挖塘开渠,兴修堨坝,投资农业水利建设。作为一种古老的水利设施,堨与堤、坝略有不同。民国《歙县志》载:"凡叠石累土截流以缓之者曰坝；障流而止之者曰堤；决而导之，折而赴之，疏而泄之曰堨；潴而蓄之曰塘；御其冲而分杀之曰射。"前几种我都知道，就是"射"是怎样一种水利设施，想象不出。徽州的河流大都在山谷间蜿蜒，落差极大，人工汲水费时费力，而在河的上游筑坝，利用自然落差蓄水灌溉，就成了徽人的自然选择。

"堨"便是潴水以流，疏而导之，重在利用。据罗愿《新安志》记载，宋代歙县有堨二百二十六处，休宁二百一十处，婺源十七处，祁门九百七十五处，绩溪一白一十七处，黟县一百九十处。明初，徽州六县有堨三百二十二座，清康熙年间有堨六百三十三座。由于统计口径不一，实际所有可能远远大于志书所记载的数字。如据中华人民共和国成立初统计，歙县有堨一千二百七十八座。1956年水利调查，全县有名称的堨共有一千九百六十三座，灌溉面积两千七百四十公顷。最小的堨蓄水灌溉仅数十亩，最大的堨可达数千亩甚至上万亩。如建于梁大通元年（527年），位于西溪南村上溪头丰乐河上的"吕堨"，为新安内史吕文达所倡建。据《吕堨记》载：渠长十余公里，坝高约五丈，横阔二十余丈，可引水灌田两至三万亩。

同样是令人惊叹的水利工程，还有新安江上最大的石质滚水坝渔梁坝。歙县因多山多流，山洪暴涨，境内官建民修的古水利工程高达几百座，而渔梁坝是最能体现古代徽人智慧的水利工程。渔梁

※ 汪口的石坝，上书"中流砥柱"四字

地处练江下游，歙城与歙浦之间，上汇源于黄山南麓的丰乐水、富资水、布射水和源于绩溪县境内的扬之水，流域面积一千二百平方公里，下经歙浦出徽州至浙江。水运范围上溯可辐射至歙西、歙北和绩南，下泛经歙浦而西南可上溯至屯溪、休宁、黟县，沿新安江而下出徽州，至浙江梅城码头转"直港"可达杭州、湖州和嘉兴，转"横港"可抵金华、兰溪和衢州。渔梁坝全长一百四十三米，断面为不等腰梯形，顶宽六米，底宽二十七米，高约五米。石砌的坝身坚稳沉固，白亮亮的花岗岩条石上，布满了黑色的细碎斑点。这种石头俗称凤凰麻，是一种强度很高的花岗岩。从新安古道遥望，渔梁坝如同一条巨鳌，雄亘于练江之上，每逢桃花水满季节，湍急

※ 江口镇民居

的水流沿坝面飞泻而下，形成涛声轰鸣、雪浪排空的壮观场面。

渔梁坝的构筑工艺十分复杂，"凡叠十石，中立石柱"，而上下层之间用竖石插钉，各条石之间用石销，将整座水坝固为一体，在涨水的夏季，抵御突如其来的山洪暴发。这就是所谓的"纳锭于凿"技术。

大大小小坝埭的修建，保障了农业生产和粮食收成。清末徽州知府刘汝骥在《陶甓公牍》中，收录了歙县汪达本宣统元年（1909年）的一份调查报告："渔梁坝之修复，由程氏乐输；万年桥之重修，由绅商赞助；其利百世，行人赖之。就今岁论，亢旱近四十日，山塘田禾半皆枯槁，惟吕埭、昌埭、鲍南埭工程完密，一律有秋。"

※ 渔人的装备

徽州士绅，多以修桥筑埂为善举；徽州学人，多以经世济民为学问。

江永不仅常行善举，学问也很好，他所注疏的《十三经》，对"三礼"精思博考，发前人所未见。"三礼"是《周礼》《仪礼》和《礼记》的合称。乾隆初年，儒臣纂修《三礼疏》，礼部取江永所著《礼经纲目》考订。不仅如此，他还是皖派学术的奠基人。在中国经学史上，清代徽派朴学被称为皖派、皖学，而皖学的出现，是清代汉学发展达到高峰期的标志。

皖学始于江永而成于戴震，戴震是江永的学生。

此时的雨突然大了起来，水面已然白茫茫的一片，经两百多年风雨冲刷的堰体，看上去依然片石无损。立于堨上，可见南岸的象山愈加苍翠，天地间开始泛起巨大的轰响，是水流汇集的声音。歙县郑村西溪，儒商汪梧凤的"不疏园"，曾是江永讲学授徒六七年的地方。江永的众多弟子戴震、程瑶田、金榜、汪肇隆等人，都曾在这里读书研习。这里对徽派朴学的形成，起到了至关重要的作用。我很想去那里看看，虽然乾隆年间的"不疏园"，可能早已消失在俗世的烟火之中。

晓看绿波到洞庭

进入晓起的那一天，阳光灿烂。

连日阴雨之后，云格外白，天格外蓝。那时我并不知道，晓起是两个上下相连的村子，更不知道它们之间的区别。

现在回想起来，这相邻的两个村庄，颇有些天壤之别的意思。

最先进去的是下晓起，这是一条徽州旅游最常见的商业街。一样是琳琅满目的旅游小商品，一样是吵吵嚷嚷的旅游团队，一样是导游声嘶力竭的呐喊。然而并不让人生厌，是因为店铺主人们的脸上，没有那种让人望而生畏的"热盼"。游人走近了，他们既不热脸相迎，也不冷眼相送，你买就买，不买就不买。他们的脸上，看上去多是干净纯粹的，一如乡村的岁月。

触目皆是皇菊和野菊，在幽暗的铺子里，黄灿灿得耀眼。

据说皇菊成为晓起特产，是和这里的一个大人物有关，他便是前文提过的江人镜。清光绪年间，两淮盐运使江人镜告老还乡，临行时皇帝赐他千两黄金，被他婉言谢绝。他只想要皇家花园里的黄

※ 晓起古樟

※ 由老建筑改造而成的商铺

菊花，带回老家婺源栽种，仿晋人陶渊明的"采菊东篱下"。没有想到的是，婺源的气候水土，与黄菊十分相宜，当年栽下的黄菊，秋季散发出异香，冲泡后汤色金黄，回味甘甜。江人镜于是派专人进京朝贡，光绪皇帝给了"香清甘甜"四字品评，赐名"皇菊"。此一说当然有很多传说的成分。首先，光绪年间，光绪没有"赐金千两"的权力，朝廷也没有了"赐金千两"的财力。其次江人镜也没有回到家乡颐养天年，他自光绪十六年（1890年）任两淮盐运使后，便一直在扬州定居。他本意也是想回婺源养老的，可惜没等衣锦还乡，就病逝扬州，享年七十七岁。

"知道他为什么活这么大岁数吗？就因为喝皇菊！"女店主言

之凿凿，向我介绍皇菊的功用，说是能够降血压、消除癌细胞、扩张冠状动脉和抑制细菌滋生，长期饮用可以增加人体钙质、调节心肌功能、降低胆固醇——特别适合中老年人饮用。看我也还不老，她有些不好意思，笑着补充道："你可以孝敬你父母啊，他们一定高兴！"

她说这种皇菊的特点是体积大、色金黄、花型好、成球状，等等，各种术语，非常能说。我当然不会仅仅听她蛊惑，但是看着冲泡后在杯中翻滚如绣球的菊花，确实激发了我的购买欲。我毫不迟疑就决定购买，因为没有现金，在女店主的提示下，用微信发红包的方式，面对面把钱发了过去。

※ 商业气氛浓厚的下晓起村

虽然买的是"江人镜爱喝"的养生皇菊，但在互联网遍布的中国城乡，却是微信改变了我们的生活。

然后几经蜿蜒曲折，出巷口去往上晓起。今天看来，距婺源县城四十五公里的晓起村，是个偏远的村落，但在古代，因为段莘水和晓起水在此交汇，交通十分便利。很多名人如李商隐、文天祥等，都曾到过这里。虽然李、文两位名家，都写有《晓起》诗，而引起我兴趣的，是清代著名画家恽格的《晓起》：

连夜深山雨，春光应未多。

晓看洲上草，绿到洞庭波。

晓起村名的由来，是缘于当时建村的始迁祖汪氏。他当年逃难到此地时，天便破晓了。

霞云满天，绿草连绵，遥接洞庭万顷波涛，在曙光中初醒的小镇该是多么的美！恽格的这首诗便有一种蓬勃的朝气，他是"清初六家"之一，开创了"没骨花卉"的独特画风，为常州画派开山鼻祖。他一生处在民族矛盾异常尖锐的时期，少年时从伯父学画，青年时参加抗清义军，家破人亡之后又做了俘虏。然画风秀逸，设色净明，格调清雅，号称"恽体"。他是什么时候、什么情况下到这里来的呢？我们今天已经无法知道了。过往的一切，已然湮没在了历史的尘埃之中，而我们同样不知道的，是文天祥在什么情形下来到晓起，写下了"远寺鸣金铎，疏窗试宝熏。秋声江一片，曙影月三分"的诗句。在今天晓起村的旅游宣传册中，这些句子作为旅游亮点被反复渲染。

至于其他，人们似乎并不关心。

※ 一家茶叶店

　　前往上晓起的道路，是一条明清时期的古驿道"婺休道"，青石铺就，一庹多宽。这在旧时，称作"官道"，是明清时期，休歙盆地通往婺源县城的主干道。皖南出产的茶叶、山货通过这条古道，经婺源的星江，顺乐平市的乐安河，出鄱阳湖进入长江，再运往全国各地。青石板上有着深深的沟回，那是一代又一代车辆碾出的车辙。段莘水由东北向西南缓缓流淌，古道随河流蜿蜒，最终隐没于远处的深山。油菜花依然开放，路两旁星星点点地亮着。宋人有句："东风且伴蔷薇住，到蔷薇、春已堪怜。"春到油菜花黄，也差不多就到暮春时节了。能感到暮春的气息，少了清新，多了浓郁。去往上晓起的路上，没有什么游客，偶有行人，多是从上晓起下来的村民。

妇女都围着围兜，背着背篓，看样子是上山采茶，或是从山上采茶回来；男人骑着摩托车，从游人的身边呼啸而去。奇怪，如此狭窄颠簸的路面，他们居然如履平地。古驿道有古驿道的风貌，石上隐约着岁月的流光，幽深，沉稳，安静。即便是在游人如织的地方，它也远在世间之外，与市井的烦嚣相疏离。人迹渐渐稀少，接近上晓起时，居然已经寥寥无几。一对青年恋人迎面走来，对我抱怨说没有什么可看的。然而在以晓起为目标的考察计划中，上晓起才是我真正的目的地。

　　在婺源的诸多村落中，晓起是比较特别的一个：两个相依相傍于同一条河流，相距仅一华里的村庄，叫着同一个名字，为了区分，

※ 上晓起"进士第"

只得把位于上游的叫"上晓起",把位于下游的叫"下晓起"。"晓起"二字,十分富有诗意。县志上说,唐乾符年间,公元877—879年,歙县篁墩汪万武为避黄巢之乱,率领自己的族人,不舍昼夜,仓皇南下。当天空出现鱼肚白时,汪万武发现自己身处在一片河水清澈、古木森森、草木繁茂、鸟语花香的山谷之中,便不再南逃,决定在此安居。经几代繁衍,分枝散叶,渐成上下两个自然村落。"上晓起"以江姓为主,多读书入仕;"下晓起"以汪姓为主,多以商贾为业。由此造成了上下晓起不同的风貌。

与"下晓起"相比,"上晓起"格外有世外桃源的气息。这里的海拔,已在五百米以上,村落坐北朝南,北倚后龙山,南向笔架峰,

※ 桃花源里人家

东倚象山，西傍狮山，正暗合中国古代所谓"左青龙，右白虎，南朱雀，北玄武"的格局。村头的水口古木繁茂，溪水清浅，鸭和鹅们结队而来，悠闲自在。古代河流交通被现代公路交通取代之后，上晓起变得日渐封闭，村庄的原生状态反而得以保留，即便是"大跃进"中的"大炼钢铁"，这里的森林也没有遭到毁坏。这是不幸中的万幸，所以随处生长的各种古木，也是晓起旅游的一大卖点。比如上晓起周遭，到处是生长数百年甚至上千年的古木，后龙山上的一株古樟树，据称已有一千八百余年树龄。

和下晓起的甚嚣尘上相比，上晓起真的很安静。看见有游人进来，犬也并不狂吠，只在你经过它的时候，发出低沉的"呜呜"的声音。

※ 江氏宗祠

※ 油菜田里的耕牛

时辰已近正午，天空有云朵停伫，倒映在河中，一川流水斑斓如云。三五老人坐成一排，在廊下歇息，走过他们的身边时，抬头看你一眼，而后还是安静地坐着。

这是皖南与皖北、山区和平原的不同之处。虽然婺源早已划归江西，但从民风民俗上说，我想它依然不能脱离古徽州的范畴。文化与习俗，不因皇朝易替、成王败寇、行政区划而改变，它仿佛一条河流，从很远很远的地方流来，又向很远很远的地方流去，是自然而然的。在我的老家皖北平原上，那儿的老百姓对人大多是很热情没有戒心的。但在徽州，在婺源，我走过的这些村子里，村里人大都很警觉，和我保持着相当的距离。这可能与徽州历史上男人多外出经商，家中多是妇孺有关。今天的婺源乡村，也仍然少有年轻人，只在旅游已成支柱产业的村落，才会有一些年轻人出现在村头的停车场上，大声吆喝，招揽生意。

　　和所有的徽州古村落一样，上晓起也都是徽派建筑风格的粉墙黛瓦，马头墙高耸，整个村庄呈"七星拱月"的形状。因为历史上很多人读书入仕，成为官宦之家，所以很多民居的门前，都挂有"进士第""荣禄第""大夫第""十户厅"这样现代工艺的标识牌。作为一个以江姓为主的村落，上晓起始建于唐晚期，兴盛于明清，衰落于民国，历史上曾出过江扬言、江南春、江上青、江之纪、江人镜、江忠淦等巨商、名医、世宦，仿佛满天星光，在村子的夜空闪亮。而在上晓起众多的历史名人中，又以江人镜为最。

花照晓川一镜香

　　始终无法确切地知道，蜿蜒于上下晓起间的河流叫什么，上网去查，说是叫"养生河"，我感觉这种说法不确切。这名字一听便是一个从旅游出发，对应"生态村"而起的名字。不过岸柳逶迤，

阶石如洗如磨，甚有古意。上晓起为"江、洪、叶"三姓聚居，河北岸是江姓，河南岸是洪姓和叶姓。站在村头，能够明显感觉到，北岸江姓的门楣，比南岸要高大一些。

江人镜的老宅，名曰"进士第"，是在他祖父江之纪手里起的屋，格局是徽州传统的"三堂两井"。"有堂皆设井"是对徽州民居最准确的描述，"堂"指阶前正堂，"井"指天井，徽州住宅所谓的"四水归堂"，即是指将屋面的雨水集于天井之中，出自一种"暗室生财"的理念。徽州天井的建筑学意义可能很多，但作为本身学习美术的我来说，更关注的是它的美学层面。作为徽派建筑的象征性符号之一，它当然首先具备排水、采光和净化空气的实用功能，但对于中

※ 联通着上、下晓起的"养生河"

国人来说，尤其是对于有着"儒商"美誉的徽商来说，它所营造出的空间美感和文化诗意，可能更能获得一种心理的满足。一位日本建造学家在《中国民居研究》一书中，如此描写徽州的传统民居："穿过饰有精巧砖刻门罩的大门，进入室内，令人吃惊的是，从上面射入的明亮幽静的光线，洒满了整个空间。人似乎在这个空间里消失了……站在这里仰视，四周是房檐，天只有一长条，一种与外界隔绝的静寂弥漫其中。"作为东方民族，日本人对徽州民居的感受，准确而细腻。李约瑟也曾在他的《中国科技史》中，惊诧中国旧宅的雨从屋檐滴落时所带来的美感享受，而这是西方建筑甚至中国北方建筑，都无法传达出来的。

※ 盛开在残垣断壁中的油菜花

　　我进入江氏老宅时，是 5 月里一个晴天丽日。暮春的阳光从空中洒落，给幽深的老屋带来异常的绚烂。那年乡试，江之纪以第二名中举，三十年后，他的孙子江人镜在道光二十九年（1849 年），中了顺天府南元，也是第二名。这就是江氏族谱中，"祖孙两亚元"的来历。江人镜的宅子，名曰"荣禄第"，又称"思训堂"，建于光绪年间，总体格局和祖父的"进士第"基本一致，只在正房的左侧，多了一座官厅。这就是身份的象征，毕竟江人镜官至两淮盐运使，授"光禄大夫"，位高权重。两淮盐运使虽官阶不高，只是一个"从三品"，但这一机构不仅管理盐务，还兼为宫廷采办贵重物资，侦窥民间动向，由此得以大肆搜刮民脂民膏。但据史书记载，江人镜是一个清官，在位期间励精图治、清正廉洁，不仅政绩显著，而且声誉很好。他在任山西蒲州知州期间，查禁溺女、劝储积谷、捐薪助院、致力河防，得到皇上的嘉奖。主政山西期间，清理冤狱，革除陋规，减免徭役。山西连年发生瘟疫，灾难殃及七十六州县，江人镜筹募巨资，运送粮米，救活灾民无数。赈灾之后，他又将剩余二十余万两白银全部留给地方，作为善后。这很难得，很多地方大员借赈灾大发横财，一夜暴富。江人镜任两淮盐运使期间，清除积弊，减免盐商供应年费"七千余金"，同时使国库税收有增无减，这也很难做到。上晓起现存的三座官宅：进士第、荣禄第、大夫第，

※ 正在翻修的老宅子

都属于江人镜家族。建于康熙年间的"进士第"，于咸丰年间被太平军所毁，当时江人镜身在扬州，听说后痛心疾首，亲手绘制图纸，并解送银两重建。江宅风水极为讲究，大门正对南山，门前用石板铺出龙形图案，门口的落脚石上，雕刻有"雀鹿蜂猴"四种动物，寓意"爵禄封侯"。

徽州的老屋，无一不讲风水，风水的理念，已经深入徽人的心里。

江人镜的生平，主要见于《蓉舫府君行述》，他号蓉舫，字云彦。

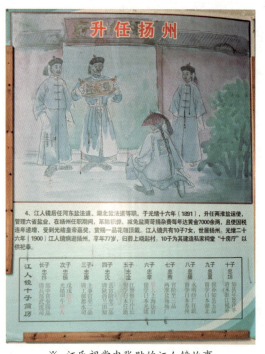

※ 江氏祠堂内张贴的江人镜故事

江人镜三岁能诵，七岁能文，天资聪慧，历任镶白旗汉学教习、内阁中书、内阁侍读、山西蒲州知府、太原知府、山西按察使、山西布政使、河东盐法道、河东道兵备、湖北盐法道、江汉黄德道兼管中外通商事务，最后升任两淮盐运使，赏顶戴花翎，授"光禄大夫"。明代光禄大夫是"从一品"，清代光禄大夫是"正一品"，但到了晚清，基本上就是一个荣誉称号了。他是光绪二十六年，即公元1900年病逝于扬州任上的，享年七十有七。1900年是中国农历庚子年，这一年的8月14日，八国联军攻占北京，慈禧太后带着光绪帝仓皇辞庙，身后，圆明园大火正熊熊燃烧。江人镜是死于这一年的8月之前，还是8月之后呢？我没有查到确切的记载，但无论是之前还是之后，清王朝此时都已是风雨飘摇。他的灵柩最终归葬故里"上晓起"，族人尊称"光禄公"，这也大约就是"荣禄第"三字的来历了。

很少有游客进到"荣禄第"深处，人们大都是匆匆一瞥，又匆匆向下一个景点奔去。江氏曾经名噪一时的官厅，已于二十世纪五十年代生产队堆放柴草时被焚，如今只留下一些残垣断壁。门额上"双桥东墅"四个字，在耀眼的阳光下静默，昔年气象不复。其实江人镜和他的祖父，一直是在江苏为官，一生都活动在苏州、扬州、江都一带，江人镜的"十子七女"，也只五子回乡承袭香火，其余均定居扬州。他归葬故里后，他的十个儿子在家乡建造了一座祀奉他的家庙，民间称为"十房厅"。因为江人镜被赐封为"光禄大夫"，因此又叫"光禄公祠"。祠堂不大，但很精巧，二进一天井，保存得也十分完好。

如果入史，他可以算是一个"循吏"，即奉公守法，有政绩、有官声的省部级大员。他同时还是一名"能吏"，精通盐务，监修过《河东盐法备览》，并对两淮所属通州、泰州、海州的煎盐产量进行核查，并将结果上报。扬州文化学者韦明铧，在翻阅《清宫扬州御档》时，发现了一份光绪年间与江人镜有关的档案，上面记载了光绪十八年即公元1892年，江苏遭受大灾，江人镜等人实心实力、劳瘁不辞、捐资救灾的功绩，光绪皇帝御批："江人镜等均著交部，从优议叙！""交部"是指交给直接对皇帝负责的中央行政机构吏部、

※ 安静的村道

户部、礼部、兵部、刑部、工部等"六部"，再由相关的部门对官员进行嘉奖；"议叙"则是清代对政绩优异的官员进行核议、记录、加级、奖励的制度。韦明铧还发现了一种城砖，是江人镜当年在扬州时所烧制。城砖很厚、很重，长约三十三厘米，宽约十八厘米，高约九厘米，四面有镌铭，分别为"两淮运司江重修""大清光绪二十四年""戊戌孟秋""经

历吴办"。铭中的"两淮运司",指的就是清代两淮盐运使江人镜。

江人镜一生著述颇丰,计有《河东盐法备览》《知白斋诗钞》《知白斋词存》《双桥东墅词存》《铲嶂山房楹联》等,但诗文一般。值得称道的是,他教子严而有法度,在他的教导下,"十子俱为人杰"。他的一些话,"兄弟和,无不发之家;不和,无不败之家""非分之财,无久享之理"等,对于今天的人们来说,也很有借鉴的价值。

从晓起返回的时候,太阳已经渐渐西沉了。光线渐渐柔和,江氏老屋的屋脊上,草色变得金黄,上晓起的黄昏,即将如约而至。

婺北春满一树桃

婺源旅游，最热的是婺北旅游。

清华古镇、思溪、延村、长滩、严田古村、彩虹老桥、虹关、吴楚古道、大鄣山峡谷等，都在婺北一线。所以春季的婺北，和春潮一起不期而至的，是汹涌的人潮。

我并不想去凑这份热闹。

独自前往婺北时，是一个阴晴莫辨的下午。进入清华镇时，暮色已经拥上来了。江边的柳冠上，雾霭缭绕不去，傍晚的清华古镇，行人稀少。徽州的乡村古镇，只有在这个时候，才能显现出本来的面貌。清华位于星江上游，鄣公山南麓，唐开元二十八年即公元740年始建婺源县，县治就设在清华，已有千年的历史了。清华得名于"清溪萦绕，华照生辉"，想来初阳升起的一刻，无限美好。

和所有的徽州古镇一样，清华也有一条老街，窄且悠长，两边

※ 古镇旧居

是粉墙黛瓦的徽派建筑，一种强烈而鲜明的视觉符号。因持续发酵的旅游热，老街的居民，正在争相翻新自己的老屋或建造新屋，然后挂上客栈的牌。客栈的名字，起得都很有古意。

清华是我进入婺北的第一站，因为是一个多云天气，没有我所期待的星江落日。然而杨柳依依，流水潺潺，妇人在河埠头洗涤，一派的田园风光。

岁月静好。

苦楮千载也寂寥

　　我入住的小客栈，是一幢新建成不久的农家小楼，深夜十二点多，还有散客入住。客栈菲薄的墙壁隔不住对面上海小夫妻的兴奋，一直到天亮，都还在喋喋不休。

　　我到清华来，是想寻找朱熹手植的一株老樟树。在整个婺源县，有关朱熹的遗迹，都已经不多了。时候还早，街上几乎没有行人，相比较江村、篁岭、晓起、汪口等大热的旅游景点，清华显得有些冷清了。然而从镇东到镇西，从老街到新街，问了很多人，都说不知道。我很困惑，清华镇应是有一株与朱熹有关的树，怎么就没人知道呢？

　　太阳跃出了地平线，镇子一下子明亮起来了。远山如染，近山如黛，而河滩上草色青青，河面上有粼粼波光闪耀。镇子那头的老街，开始有喧腾的声响传来，旅游团的大队人马到了。据说历史上的清华老街，绵延五华里，这在岳飞的《花桥》诗中，就有描述："上下街连五里遥，青帘酒肆接花桥。十年争战风光别，满地芊芊草木娇。"

但也有人说，岳诗所写"花桥"，为婺源县甲路乡——就是前文说的盛产雨伞的甲路村中的一座桥。据说昔日甲路石桥东西两边，各有一条长街，街上饭庄酒肆甚多。赋春镇位于婺源县西南乡，东毗中云镇，南临许村镇，我刚刚从那里过来。甲路是一个有着一千一百多年历史的古村，至今在村子的凉亭子中，保存着岳诗的真迹。南宋绍兴元年，岳飞征战途中路经甲路，过石桥时见到街景有感，便写下了这首《花桥》。但他为什么把甲路石桥写成"花桥"呢？是因为石桥的护栏上，雕满了花朵？

岳飞于绍兴元年至绍兴三年（1131—1133），先后平定了游寇李成、张用、曹成和吉州、虔州的叛乱，绍兴四年（1134年）又收复了陷于伪齐政权的襄阳六郡，一时间声名显赫之至。当他从武昌渡江北上，重返抗金战场时，曾对幕僚放言道："飞不擒贼帅，复旧境，不涉此江！"就是这期间，他途经婺源，所以读他的《花桥》诗，字里行间很是意气飞扬。尽管岳诗所写，不是清华的老街花桥，但清华老街依然人涌如潮。据说清华老街是婺源一条最长的老街，历史可追溯到唐朝——比岳飞年代要早多了。清华老街号称"五里长街"，现存的青石街道仍有三里多，两边俱为清代建筑。据说当年的老街下街，有很多家瓷器店，三五步一个窑货铺，而上街多为

※ 参天苦楮

百货店、南货庄、茶叶店或客栈，处处青帘酒肆。从这一点上看，与岳诗是能够对应上的。而且当地人称"彩虹桥"为"上街桥"，另外一座桥为"下街桥"，不是更加印证了岳飞"上下街连五里遥，青帘酒肆接花桥"的诗句吗？

因为一直找不到那棵老树，我有些焦躁。又问了很多人，大多都不明就里，有人不解道："你跑来就为了找一棵树？"

即使在朱熹的家乡婺源，除了少数乡村文化人，也已经少有人知道他了。若不是为了吸引游客，岳飞诗也未必有人知道。生活一天天变化，普通人的日子，充满了琐屑和辛劳。毕竟对于老百姓来说，柴米油盐比几百年前的朱夫子更加重要。

这么一想，我先是释然了。想了想又觉得不死心，还是希望能找到点什么。这是清华镇，一千多年前的县治所在地，真的什么都没有了吗？在清华，是不是有一棵什么树和什么历史有关呢？樟树还是？

"噢，知道了！"小吃店吃早点的老人家，不待我说完，突然大声说，"不就是那棵苦槠树吗？"

重新回到了镇东，回到了此前两次路过的一扇大门前，辗转找到了守门人，总算把大门打开了。一眼就看见了那棵树，郁郁葱葱，兀自沧桑，几乎覆盖了半个院落。树身还很正规地立着标牌，上写：

树高约十九米，胸径两点四七米，冠幅十五平方米，壳斗目、山毛榉科。这文字太科学，我直观的感受只是它苍劲的覆盖，遮天蔽日——似乎整个院落，都充满了它的呼吸，和它墨染一般浓重的绿色。

但它和朱熹无关，它比朱熹要早得多。

唐开元二十八年，公元740年，婺源历史上这个反复出现的年份，又再次出现了。据婺源相关的史志记载，这一年婺源建县，治所设于清华镇，县衙为胡氏宗祠所改建。那时祠堂的大门前，就站立着这株苦槠树。不管它那时多高多大，至少在大约一千三百年前，它就已经存在了。作为婺源建县的标志，这株"唐代苦槠"，见证了婺源出现在中国历史上的那一刻，它名副其实的是一株非凡的树。

苦槠的花期在5月，10月果熟，坚果呈深褐色。苦槠是不能直接食用的，通常要在太阳下暴晒，待果壳崩裂后，露出坚硬的白色果肉。之后用清水浸泡，再磨成"苦槠浆"，倒入旺火铁锅，边加水边搅拌，直到凝结成胶状——这就是"苦槠豆腐"。苦槠豆腐原是贫瘠山区对粮食短缺的一种补充，近年来因其"纯天然"，在旅游餐桌上倒是大热起来。

然则为什么叫"苦槠"呢？是因为它的"籽实"略带苦涩吗？在植物学上，它的名字就叫"槠"，并无"苦"的形容。北方农村有一种树叫"苦楝"，植物学名词就叫"楝"，但老百姓为什么称它"苦

※ 苦槠所在的院子，如今是清华财政所所在地

栋"呢？是因为苦日子才吃它，还是因为日子太苦？

　　与苦槠相对的是甜槠，同属"壳斗科"，似乎是生长在岭南的常绿大乔木。甜槠的果实叫甜槠子，霜后坠地，在福建邵武、泰宁一带，"以其子为果品，磨之作冻"，想来也如"苦槠豆腐"。但甜槠是可以生吃的，其味甘甜，加盐炒熟后如北方的瓜子，是客家人冬闲时的零嘴，磨粉蒸糕，是极有特色的地方小吃。

　　而苦槠是江南的特有树种，号称标志南北的"分界树"，据说到了江北，就无法存活。它的寿命特别长，叶子特别绿，因此特别能抗"氧化"，在江南的低山丘陵间，千年以上的苦槠触目皆是，不仅仅是眼前的这一株。院落里空无一人，槠冠上有晨雾缭绕。当年，当它的生命，第一次昂扬在胡氏宗祠的大门前时，它并不知道自己能够站立多久——而今天，近一千三百年过去了，胡氏宗祠早已荡然无存，它却仍然枝繁叶茂。

胡姓在徽州是大姓，但是徽州的胡氏非常复杂，宗族之外的人几乎很难搞得清楚，更不要说我这样八竿子打不着的外人了。我查到的资料里说，仅绩溪胡氏就有四支，分四次迁入徽州，因此又有"金紫胡、明经胡、遵义胡、尚书胡"之分。"三胡礼学"，是清乾嘉年间绩溪金紫胡氏一支经学流派，以胡匡衷、胡秉虔、胡培翚为代表，因精于"三礼"，世人尊为"三胡礼学"。清华胡氏属于他们中的哪一支呢？抑或哪一支也不是，而是属于另外的胡氏宗族？

院子里仍然空无一人，墙上挂着"婺源县财政局清华财政所"的牌子。因为是星期天，办公室的门都上了锁。唯有那株苦槠子然独立，在太阳下显出苍黑的颜色。婺源有很多古木老树，无不经历了数百年风雨，它们与徽州的青山绿水一起，凝固成了美丽的风景画。

它们高大又寂寞。

磅礴古道第一关

在中午时分匆忙赶往虹关一线，因为天气预报明天有雨。

有些着急。今年气候异常，还没出农历二月，婺源就下起了大雨。这是我首次进入婺源，那时我还不知道，此后我在婺源，还将多次遭遇暴雨天气。

可是当日的天气是晴好的，青山绿水间鼓荡着春天的气息。这个季节进入徽州，特别能够体会"春风浩荡"四字的含义。当然是开车，若是能够像古人那样，沿旧时留下的古驿道，徒步进入虹关，那该是多么了不起的体验。身边旅游大巴呼啸而过，通往虹关的现代公路依然蜿蜒，但已不再崎岖。好在天特别蓝，草特别青，路两边的山坳里，一排排站着杏树和桃树，它们在静待花期。

这是一个古老的村落，徽州五千村，村村的历史都很古老。虹关于南宋建炎年间，始有人烟停伫，人家姓詹，乃虹关大姓。南宋建炎年间，即公元1127—1130年。因为地处春秋时期，吴楚两国划疆之地的浙岭南麓，亦即所谓"吴楚分源"之地，自古被认为是婺

※ 夕阳下的虹关镇

源北大门；又因古代徽州府至饶州府的主干道，从村子中央经过，向有"吴楚锁钥无双地，徽饶古道第一关"之称。村落初建时，有人"仰虹瑞紫气聚于阙里"，于是取名"虹关"，又名"虹瑞关"，"阙"是城阙或门阙，也是"虹关"中"关"字的来历。

然而进到村子里，一时找不到古村的感觉。著名的古樟树下，挤满了游人和食客，很多人抢着拍照，环境实在是太嘈杂了。这株古樟的树龄，据称已有千年以上，树高二十六米，胸径三点四米，冠幅阔达三亩，被誉为"江南第一樟"。古人有"下根磅礴达九渊，上树摇荡凌云烟"之叹，远远看去，这株古樟树确实气势不凡。

民国间，虹关人詹佩弦，收集古人吟诵此樟的诗文五十余章，

※ 残破的墙

编印《古樟吟集》刊行，乡里一时传为美谈。樟之为樟，是因为纹理之美："木理多文章，故谓之樟。"如徽州五千村，村村都很古老一样，徽州古村落，也几乎村村都有古树，或樟，或杉，或楮，动辄几百年甚至千年以上的树龄。有资料显示，婺源树龄最长的古樟树不是在虹关，而是在严田水口，据称已有一千五百多年树龄，树高二十八米，胸径四点三米，有说十人可以合抱，有说十六人方可合抱，所以"虹关樟"号称"江南第一樟"，而"严田樟"号称"天下第一樟"。旧时中国乡村，无论是南方还是北方，也无论是山区还是平原，古木老树都被民间目为"神树"，在缺医少药的年代，小孩子有个头疼脑热，大人们往往要来到古树下，点上几炷香，以祛灾驱邪。更有人家添了男丁，用红纸写上生辰八字，贴到古树上，可保一生平安。在皖北一带，则是"挂红"——把大红布条挂在树枝上，上面写上祈福者的名字。我曾在亳州华祖庵，见过挂满了"红"的老树，那场景只能用"如火如荼"来形容。

其实除了村口的老樟树下，进到村子里后，还是很安静。是下午的两三点钟，阳春二三月，春气荡漾，天是徽州所独有的高天，墙是徽州所独有的马头墙。走在虹关的老屋深巷之间，感觉非常之好。大二那年，学校安排我们到西递写生，那是我第一次见到徽州老房子，不过那时我对于它们的美，感受没有现在这样强烈。

※ 虹关古樟

　　虹关亦是个很有代表性的村子，据说当时先祖们择地建村时，遵循了徽州传统的风水理念，取正南偏东 5°~6°，坐北朝南。浙源水（鸿溪）由东向西绕村而过，龙脉由五龙山逶迤而至，绵延几十里，形成"龙势"，所谓"龙来十里，气高一丈，龙来百里，气高十丈"，龙气在村落正中集聚。和所有的徽州村落一样，虹关也很有几幢有名的老屋，比如建于清初的"虑得堂"，堂名就蕴藏着深刻的含义。有得有失，祸福相依，所以才要"虑得"，才要珍惜。这是古老的辩证法，东方人的生存智慧。"虑得堂"的独到之处，是全为石库门楼四合院结构，四面回廊，中间大天井，全堂青石漫地。其砖雕和木雕，采用了镂雕、圆雕、透雕的技法，层次至少在四层以上，最高达七层。而"留耕堂"是明代建筑，除了门楼、梁枋、窗栏等处的雕刻，比"虑得堂"显得古朴简洁外，天井还有一个曲尺形石槽，当地叫作"明塘坑"，起到下水道的作用。这是明代建筑的一大特点。到了清代，天井一般都是用青石平铺，而后凿孔，用以雨天行水。取名"留耕"，是源于一副联语："书为恒产，百世留之有余；心作良田，一生耕之不尽。"据说是祖训。

比起老徽州的名村西递，虹关民居的形式似乎更加多样，有四合院式、三间两厢式、前厅后堂三间两厢式和前三后四四合院式等

※镇上的一家小吃店，兼售徽墨

多种，尤以四合院式居多。自然都是楼房，徽州多山，坦地十分稀缺。和徽州所有的古村落一样，宗祠曾是虹关村最宏伟的建筑。旧时，村中有詹姓总祠"詹氏宗祠"，为三进五间，八字门墙，五凤门楼重檐歇山式建筑；各房还有支祠五座，称作"公祠"，如守俭公祠、守信公祠等。可惜的是，詹

氏宗祠解放初期就改建成了"虹关小学"，五座公祠也都先后改造成了民居，荡然无存了。徽州祠堂形态保存最为完备的，当数黟县西南的南屏村。南屏虽也是聚族而居的村落，但不是一姓一族独居，而是聚居着叶、李、程三大宗族，这使南屏村得以保留一大批祠堂群。这里的祠堂有"家祠""支祠""宗祠"之分，同一姓氏的直系亲属，围绕着自己的"家祠"建造住宅；而"家祠"又是围绕着"支祠"建造，"支祠"又簇拥在"宗祠"的周围。南屏村叶、李、程三姓，当年各有属于自己的"家祠""支祠"和"宗祠"，而当它们以群体的方式集中出现于一个村落时，真的令人震撼。

虹关有别于其他徽州村落的建筑，名叫"玉堂仙吏"，又名"大厅屋"，建于明中叶。因为明洪武年间，詹姓出了吏部尚书詹同，又出了吏部尚书加太子少保詹徽，所以"大厅屋"是仿宫殿式，建有"三步金阶"。太子少保是东宫负责教导太子的官职，简称"宫保"，明清为正二品，其实只是一个荣誉称号，但地位很高，所以这幢绵延大屋分院、门、殿、廊、厢几个部分。头门正中悬挂"七叶衍祥"匾额，正堂悬挂"玉堂仙吏"匾额，正殿前梁悬挂"世天官"匾额。所谓"七叶衍祥"，是指某人亲见"七世同堂"，家庭和睦，得享天年。"叶"是指分枝散叶、子孙繁衍。"大厅屋"后来成为詹姓一族的议事场所。每年正月初一，全村男丁齐聚一堂，吃酒团拜；

正月初二至正月十九，大屋正殿高挂宫灯和龙旗，正厅两边竖有"肃静""回避""英圣大帝""越国公"四块高脚牌。一年中重大事宜和乡规民约的制订，均在这十八天内进行，俗称"十八会"，它实际还兼有了祠堂的功能。"越国公"是徽州地方神汪华，隋末天下板荡，汪华被众人拥戴，取"歙、宣、杭、睦、婺、饶"六州，自称吴王。后来汪华归顺了大唐，持节总管六州军事，授歙州刺史，被封为越国公。汪华殁而为神，俗称"汪公大帝"，是徽州本土神明中最有名望的一位。在徽人观念中，汪华崇拜根深蒂固，也因此在徽州的一府六邑尊奉汪华的庙宇无处不在。

太阳渐渐西沉，勾勒出徽派建筑参差的剪影。詹氏"大厅屋"也隐在了层层叠叠的虹关深处，不辨古今。

※虹关的普通民居

此处仍留墨研香

虹关詹氏，以墨名于世，代有名家。

关于徽州制墨，清代徽人余良弼曾有过这样一首诗：

> 山前山后植松篁，亦有田畴插绿秧。
>
> 不是桃花流出洞，哪知此处墨研香。

余良弼是黟县廪贡生，作有《石墨岭竹枝词》八首，其中两首与墨有关，另外一首是：

> 入春花发杜鹃红，应是徐熙点缀工。
>
> 松使美名终不改，文人相赏古今同。

廪贡生是指以廪生资格而被选拔，升入京师国子监读书的成绩优异者。余良弼的《石墨岭竹枝词》，道出了徽墨生产与松料之间的关系。然而石墨岭在黟县，为什么说这是写虹关的呢？

关于石墨岭，李白也有诗："磨尽石岭墨，浔阳钓赤鱼。霭峰尖似笔，堪画不堪书。"由此可知，石墨岭一带山高林密，风光如画。

墨的优劣，与松材有关，苏东坡曾感慨："徂徕无老松，易水无良工！"山东老松都被砍光了，河北易水著名墨工奚氏也去了徽州，苏老表示很愤怒。南唐河北易水制墨世家奚氏之后奚超，因避乱携子奚廷圭由北而南，定居歙县，此后易水制墨在徽州获得了空前发展。南唐后主赐以国姓，奚廷圭更名李廷圭，被封为墨务官。古人以燃松取烟为墨，因此松材的好坏，决定着烟料的品质。徽州古松为松中上上品，制墨业的说法是"松贵黄山"，徽墨为"墨中之最"即由此而来。

徽墨的产地，主要集中于徽州所辖歙县、休宁和婺源三县，而婺源制墨，又主要是在虹关。与歙休墨品以贡墨、御墨、文人墨为主流，格外追求"烟细胶清""隽雅绚丽"不同，虹关制墨注重实用，最具平民化和大众化特点。虹关墨的图案，多选择民间喜爱的朱子家训、御赐金莲、鱼跃龙门、虎溪三笑、壶中日月、松鹤遐龄等，易于老百姓接受，也易于广泛流传。明朝嘉靖、万历年间，岩寺程君房、方于鲁和呈坎罗小华三足鼎立，将徽墨推入历史巅峰。三者都是歙县人。罗小华以桐烟、漆烟入墨，程君房和方于鲁则以麝香、冰片、金箔、珍珠、玛瑙、公丁香入墨，走的都不是群众路线。休宁墨更是绚烂精美，饰金鬃彩。程君房曾自诩："我墨百年之后可化黄金。"与他同时代的大书家董其昌则说："百年之后，无君房之人而有君房之墨；千年之后，无君房之墨而有君房之名。"这意

※ 街边张贴的"修谱通告"

思是黄金算什么，人家要的是千古流芳、万古留名。

清代的婺源墨店，虽詹姓即有上百家之多，但多数是为休歙两县的知名墨店提供原始烟料。据乾隆刊本《歙县志·食货志》载："墨虽独工于歙，而点烟于婺源，捣制于绩溪人之手。"也就是说，婺源提供原始烟料，绩溪提供粗加工。婺源北乡重峦叠嶂，松林茂密，为徽墨生产提供了丰富的原料，而手工业代代相传的家族性，也容易形成家族经营的专一和传承。这也是婺源墨商集中于婺源北乡花桥、环川与虹关等村落的主要原因。这三个村落同属于北乡十四都，花桥在最北面，往南越过浙岭是环川，环川往南一里多路就是虹关，在地理空间上紧密相连。如果使用当代经济学术语，那么婺源北乡

在制墨业上，已经形成了一个"产业集群"。

在徽州，墨业同盐业、茶业、木业、典当业一样，都具有家族性。詹氏为婺源望族，主要分布于婺源北乡庐坑、岭脚、虹关、秋溪等几大村落，且源于共同的祖先。当代敦煌学家、文物收藏鉴定家周绍良，根据其收藏的徽墨实物，结合资料的考证，勾勒出婺源詹氏墨商名于世者，即有詹振升、詹鸣岐、詹云鹏、詹致和、詹衡襄、詹彩臣、詹方寰、詹成圭、詹从先、詹侔三、詹达三、詹子云等多人。而詹氏墨铺八十多家，仅詹大有一家，就有乾行氏、真瑞氏、小竹氏、少竹氏、允成氏、文星氏和悦庭氏等分号。"这些詹氏制墨家的实物，因其平民性的特点，因此大多易得，故收藏家多有贮存，甚至多达

※ 依旧保留着"迎龙灯"习俗的虹关镇

数十家，墨品多至数百种。"

这与日本市河米庵所撰《墨谈》三卷，可以互为印证。《墨谈》成书于清嘉庆十七年，即公元 1812 年，其中所载詹氏墨工十余家，以詹鸣岐为著。据其记载，詹鸣岐墨曾远销东瀛。周绍良也曾购得"詹鸣岐墨"一铤，一侧楷书"詹鸣歧制"四字，镂字处微凹，涂以金地，发出闪闪蓝光，而形制朴实，雕镂浑茂，堪称佳品。

日本人似乎特别看重婺源制墨。日本著名古墨收藏家松井元泰，曾远涉重洋来到婺源，向詹子云等名家请教制墨秘籍，并带回去大量婺墨。在其所著《古梅园墨谱跋》中，松井评价说："徽州官工素公、游元绍、詹子云，三子盖当代之名家。""素公"当指曹素功，明末清初歙县岩寺制墨高手。曹氏制墨，子孙相传，历十三代，绵延三百余载，是我国制墨史上一位声名显赫的人物。松井到中国来时，曹素功去世不久。另一位日本藏墨大家河氏朱庵，在其撰写的《朱庵谈墨》中多处提及婺源墨工对日本制墨业的影响，盛赞婺墨"艺冠墨林，名重天下"。据清代《名墨谈丛》载："婺源墨大约在百家以上，仅虹关詹氏一姓就有八十多家，在数量上远远超过歙县、休宁造墨家，在徽墨中是一大派别。"

明清以降，詹氏墨家人才辈出，至清末民初仍不绝如缕，积攒了大量财富。光绪本虹关《鸿溪詹氏宗谱》，收录了一份明清以来詹氏从十二世至三十六世的详细迁派图,从中可以大略看出詹氏墨商的经营网络。三十世之前,虹关詹氏的迁徙主要在婺源及其周边县邑,而到了三十一世之后,范围大为扩展,远及山东、苏州、金陵、崇明、赣州、河南、河北、温州等地。詹氏三十一世生活的时代,大体在明代万历、天启年间,由此可以断定,在明末叶及至《詹氏宗谱》修纂的清光绪年间,虹关詹氏不断因经营墨业而向外迁徙,墨品"销售二十三行省"。直到晚清时期,关于詹氏墨商的事迹,仍散见于各类报章和小说,二十世纪二十年代上海墨工大罢工时,尚有婺源墨商两千余人。

这一从业规模,显然高于同时期的歙县和休宁。阳光依然明亮,透过工艺繁复的雕花窗棂,给幽暗的老屋投下斑斓的光影。当年,很多在外埠打拼的墨工墨商,携重金荣归虹关故里,修祠修谱,建造深宅大院,就是我们今天看到的虑得堂、顾汝堂、留耕堂、玉映堂、玉鉴堂、棣芳堂、礼和堂、继志堂、六顺堂等恢宏富丽的徽派建筑。棣芳堂詹氏后人,至今仍然保存着清代乾隆七年至二十四年经营徽墨的原始账本,是极为珍贵的文史资料;棣芳堂詹氏后人,也同样完好地保存着祖传的墨肆发货号牌。即使是今天,百多年时光过去了,虹关的沉沉大宅、幽幽深巷之间,仍然有缕缕墨香缭绕,尤其是在阳春二三月,春气萌发的时候。

唯余松风与斜阳

虹关村中，有一条青石铺砌的古驿道，这就是著名的"徽饶古道"。虹关段"徽饶古道"由通济桥入村，经永济茶亭和大樟树穿村而过，出村经由宋村、段村，最后由西坑村直上浙岭。

此刻我就站在通济桥下，古道斑驳。浙源水正由东向西，沿古

※ 浙岭下的岭脚村

道一侧蜿蜒而入浙岭，夕阳衔山，徽山徽水如画般鲜明。浙源水被当地人称为"鸿溪"，从我进村开始，它就一直在我耳边潺潺。这趟到徽州来，我深刻地理解了婺源的地貌与我故乡的区别，什么是山地，什么是平原？徽州溪流和平原河流最大的不同，就是它的潺潺之声。平原上的河流多为深水静流，如长江，如淮河，即便"江流有声"，也一定是浊浪拍岸。

最后看一眼詹氏诸堂，我告别了屋宇层叠的虹关。已是下午的四点多钟，光线开始柔和下来。岭脚村古称"环川"，因坐落在浙岭脚下而得名；而"环川"二字的来历，是因为村落四围均有溪流汇入，"环村皆川"。春秋战国时期，岭脚为吴国门户，今天和虹关一样，是婺源的北大门。此村的大姓亦为詹姓，亦如虹关詹氏，旧时多经营墨业。村中有保存完好的维新堂、瑞芝堂、如松堂、玉润堂、尚义堂、中和堂、棣芳堂、斗山公房、大夫第、孝子坊等百余栋明清古建筑，因行色匆匆，只一扫而过，来不及细看。

沿现代松珍公路，很快就到了浙岭脚下。松珍公路是指南起婺源岭脚，北至休宁漳前的一段公路，为已故休宁漳前籍香港实业家汪松亮和他的遗孀顾亦珍共同出资修筑。除这段公路外，沿途还有很多桥梁和建筑，都冠以"松珍"二字。架桥铺路，助学赈灾，是徽州商人的传统。浙岭属五龙山脉，《婺源县志》载，其因"山高

岩险，尽日烟云，状如五龙起舞"而得名。五龙山介于婺源和休宁
之间，主峰海拔一千四百多米，是饶河水系乐安江与钱塘江水系新
安江的分水岭。那年，北宋抗金名臣权邦彦路过这里，曾留下"巍
峨俯吴中，盘结亘楚尾"的诗句。近年来寻访徽州古道，似乎成为
背包客中的一种时尚，所以虽说天光已近黄昏，但游人仍然很多。
这颇让我有些意外。

　　但踏上古道以后，人就慢慢安静了下来。古道两边的竹林，显
出异样的葱茏，绿得仿佛已经不在春天里了，那样的蓬勃和饱满，
是唯有盛夏才有的厚绿。奇怪的是竹边的茅草芦丛，却似乎仍然留
在了前一年的冬天，乱蓬蓬一片衰黄，或是一片衰白。但枯去的蒿

※ 游客脚下的石板路就是曾经的"徽饶古道"

茅也似乎更加入画，更能将人的情绪带入沧桑古道的意境。这一带有三条古道，分别是浙岭古道、吊石岭古道和觉岭古道，都是从江西婺源通往安徽休宁。这当然是现在的说法，旧时婺源和休宁同属徽州，与歙、黟、祁、绩一起，构成所谓"一府六邑"。浙岭古道是"徽饶古道"中保存最为完好的一段，因为"扼吴楚分源"之要塞，成为古代商人由皖入赣的必经之路，旧时商旅如云。

正是夕阳西下的时候，林中松风阵阵，黯淡下来的天光里，开始有倦鸟归返。翻越浙岭，民间习称"七上八下"，即上岭七里，下岭八里，总计十五华里。古道全用长条青石铺砌，级高十厘米左右，宽处两米，窄处也一米有余。这是旧日俗称的"骡马大道"，

※骑行客和他身后的安徽省界碑

相当于我们今天的"国道",现在看着虽然狭窄,但在古时,不仅是百姓往来的大通道,还是物资运输的大动脉。曾三任徽州府通判的林云铭,在其《挹奎楼遗稿》中感慨:"徽郡僻处山丛,地狭田少,计岁入不足供三月之食,居民仰给江(西)楚(湖北)。累累肩挑,历崇岗重涧而至,可谓艰矣!"古人往来于这条路上,不会像我们今天这样空着手,而是"累累肩挑",负重而行。徽州缺米,本地粮产不足三成,大量靠从山外购进。据康熙《休宁县志》记载,外地粮米入徽,取道有二:"一从饶州鄱、浮,一从浙省杭、严。""严"指地处浙西的严州府,即今天的严州市。徽州人从这条山道上,把竹木、生漆、茶叶等山货运出,再从这条山道上,把粮食和日用百货运回来。虽说山高岭峻,但循这条道路盘桓而上,毕竟可以省去不少气力。

眼前突然就起了雾,四周围白茫茫的一片;但也只是一瞬,随即就云开雾散了,露出了天边的云霞。霞和云都在努力燃烧,似要释放它们最后的热情。山色很有些苍茫了,此时的古道,已经少有行人。越往上走,山势越是陡峭,石阶也开始出现倾圮。《徽州府志》中对于徽州地区的地理环境,是这样记载的:"新安地势斗绝,山川雄深,东有大障之固,西有浙岭之塞,南有江滩之险,北有黄山之扼。"处在万山环绕之中,古人进出徽州,除了靠奔流而出的新安江之外，全靠这些古道，所以旧时，以徽州府衙所在的歙县为圆心，共有九条主驿道，分别是徽饶古道、徽开古道、徽池古道、徽婺古道、徽泾古道、徽宁古道、徽昌古道、徽青古道、徽安古道。需要特别指出的是，"徽婺古道"的"婺"，并不是指婺源，而是指婺州，也就是今天的浙江金华。

在古代，驿道不仅具有民用价值，还有军用价值，不仅具有交通意义，还有行政意义。

天已向晚，有村民急匆匆走过，担着柴担。今天的婺源乡村，还有人烧柴草吗？我知道很多农村都不烧柴了，都是用煤气或天然气烧饭。不过，一路倒见了许多饭店以此为卖点，门口挂着"锅巴饭"的鲜红旗招，可见木柴铁锅烧出来的饭菜，对于寻找乡村的城市人来说，确实具有诱惑力。

虹关村的村民对于络绎不绝的游客，显然已经习以为常，村民中的男性是不和外人搭话的，他们总是急匆匆地几步超过游人，很快就没了踪影。妇女们则活泼多了，她们似乎还保留着对山外来客的兴趣，如果朝她们笑，她们就会上上下下地打量你，有时笑着说句什么，也不太能够听明白。这一带属于徽语祁婺片东北乡方言，据《古今图书集成》："江南徽州府婺源县北七十里有浙源山，一名浙岭，高三百余仞，婺源诸水多西入鄱阳，惟此山之水东会休宁、

※ "吴楚分源" 碑

祁门。"诸水多"西入鄱阳",惟"此山之水"东汇休祁,说明它们不属于同一方言区。"此山之水"即浙源水,也就是当地所说的"鸿溪"。浙源乡,以浙源山而名,浙源山即浙岭。据《婺源县志》载:婺诸水俱入鄱湖,惟此山水东流入休达浙,故名浙源。1950 年 10 月,出于管理方便,经皖赣两省商议,将浙水东流的浙东乡划到了休宁县。浙源水由浙岭流出后,经漳前、梓坞、板桥、凰腾、沂源、花桥、界首,于溪口汇率水达屯溪而入新安江,再经富春江至钱塘江入海——准确地说,浙岭是鄱阳湖长江水系和新安江钱塘水系的分水岭。

越千余石级,终于上了浙岭关,站在了"吴楚分源"碑下。"吴楚"之水,在此"分源","吴楚"之地,在此"分界"。岭东的水流向吴地,岭西的水流向楚地,而隔着浙岭,一边是安徽休宁的漳前村,一边是江西婺源的浙源村。

风很大,古道越发斑驳,前方石径时隐时续,没入草窠里。这就是遥远的春秋时期,吴国和楚国的分界吗?就是在这里,北宋的权邦彦,写下了"巍峨俯吴中,盘结亘楚尾"的诗句?

古道松风,远山残照,撩人无限思绪。《辞海》"吴头楚尾"条:今江西北部,春秋时是吴、楚两国交界的地方,因称"吴头楚尾"。但安徽的很多地方,也都称作"吴头楚尾"。关于这个,有人画了

※ 浙岭的黄昏

一条线，这条线从江西上饶到南昌，再到九江，而后跨过长江，来到安徽安庆、湖北黄石一带，沿大别山向东延伸，最后将我老家蚌埠也划拉了进去。

之前草读了徽学专家、复旦教授王振忠所著的《徽州》一书，书中说："吴楚分源——徽州的地望。"

如何来理解这一说法呢？我想不清楚。

天色几乎完全暗下来了，白水远天，都成苍茫一线。暮色深处，松涛阵阵，雄关之上，辽阔而空旷。遥想两千五百多年前，吴国和楚国，就是在这里"分野"——这是一个古书上常有的词。如今我站在浙岭深黑色的沃土之上，看着残破的石阶，万万没想到"分野"

※ 古道残阳

一词，竟以如此感性的方式呈现。

界碑上的字迹，已隐入了暮霭，碑身坚挺冰冷，通体苍黑色。这块碑不是真品，是照原碑仿制。清康熙年间所立的石碑，现藏于婺源县博物馆，而此碑"云湖詹奎"所书"吴楚分源"四个阴刻大字，仍能呈现出原书的风貌。不知道是什么人"上"的"石"，按说应该有"上石"者的名字。詹奎是康熙年间著名的书法家，就是当地岭脚村人，据《詹氏宗谱·环川人物叙略》记载，詹奎"名奎，号云湖，幼失怙，有至性"。他对双目失明的老母，十分孝顺；又将族兄的遗孤，哺育成人。他所属的"璁公房"詹氏，以习文为主；而另外一房"昌公房"詹氏，以习武为主。据当地传说，工匠将詹奎的题字上石之后，须请八名壮汉，才有可能将这块数百斤的石碑，抬上浙岭关。这时一个年轻人站出来，自告奋勇，驮上石碑就走，这个人就是与传说中"严田八百斤"齐名的"昌公房"后生詹春。

"严田八百斤"是"婺源八大怪"之一——说来也挺奇怪，似乎旧时中国，上到全国，下到各州县，都常有这种称号。他在"婺源八大怪"中排名第八，严田村人，名不详，李姓。此人天生神力，能够轻易将"八百斤"举过头顶。

总之，岭脚詹氏这一文一武，都值得敬重。

值得敬重的还有方婆，"方"是她夫家的姓，她本人的姓名已

※方婆冢

经无人知晓。然而纪念她的"方婆冢"仍在堆高，不远处的"万善庵"，也因她而留名。传说五代时期，这里就有了茶亭，亭内有一方姓老妪，日坐于亭，泥炉瓦罐，冬汤夏茶，捐济旅众。也有刮风下雨的日子，有个头疼脑热，但方婆风雨不歇，经年不辍，一天一天，一年一年，把自己的满头青丝坐成了白发。

历史上的"五代时期"，即公元907至960年间，距今已有一千多年。她死后就葬在了岭头，路人感其恩泽，堆石成冢，以示感念之心。此处原有高达四米的"堆婆古迹"碑，亦为詹奎所手书，"文化大革命"中散失，至今下落不明。清代岭脚村诗人詹文恒有《婆冢堆云》诗：

荒坟底事独栽栽，

百世长传方氏婆。

当日煮茶施泽广，

后人堆石比云多。

凭浙岭关远眺，断碑残垣千年路，界分吴楚。我就地拣起一个石块，郑重置于冢上，发现上面有很新鲜的堆痕，想来是不久前有人堆上去的。徽人自古乐善好施，尤其是徽商，架桥修路，捐建茶亭路亭，蔚然而成风习。旧时山路迢迢、行旅艰难，民间视建路亭、茶亭为善举，"徽饶古道"因是官道性质的"通衢要道"，风气尤盛。想来在旧时，这条路上是十里一茶亭，五里一路亭，不仅为路人遮风避雨，免费提供茶水，还备有茶桶和雨伞，供行人取用。路边的残垣中，有一方《万善庵茶亭记》麻石碑刻，可惜风化严重，字迹已无法辨认。我在网上，查到一副据传是"万善庵"的楹联："为善者昌，为不善者不昌，不是不昌，祖有余殃，殃尽自昌；为恶者灭，为恶者不灭，不是不灭，祖有余德，德尽自灭。"此是"积善人家，必有余庆；积恶人家，必有余殃"的另一版本。

桃花开了。虽然四野茫茫，目之所及的婺北的村落，此刻都没入了无边的暗夜，但我仍能感到，一树红桃，正夭夭怒放于春夜、于春风。

考槃在涧亦在阿

婺源县考水村，在我此行中，是特别重要的一站。

考水地处婺源西北隅，距县城紫阳镇大约十五公里，明嘉靖三十年（1551年）刊行的《新安名族志》称："考水：在邑北三十里。"

春风又作十日晴，春阳下面的茶园里，新芽绽放出了勃勃生机。考水是徽州"明经胡氏"的发源地，支脉遍布婺源、绩溪、歙县、休宁等徽州县邑，旁及江西德兴和鄱阳。早在元初，考水胡氏就被推为"徽州胡氏之冠"，名重东南。

前一天刚刚下过雨，草木吸足了水分，田野生机勃勃。然则为什么叫"考水"呢？是因为一条名叫"考水"的小溪，从村边流过吗？这理由不充分，徽州村落多依山傍水而建，常有潺潺流水环绕村庄。

这么想着，我们进村了。

"明经胡"与"李改胡"

在胡昌翼出现之前，考水是一个没有名字的小村子。

那是唐朝末年，人家也有人家，不过十多间草房，七八家门户，甚至不能算是一个村子。它的改变来自于一个名叫胡昌翼的人——我后来才知道，他其实并不姓胡。

这是被无数代"明经胡氏"无数次讲述过的家族往事，在我进入考水的第一天，再次听到了对它的复述。

那是唐昭宗天复三年（903 年），宣武节度使朱全忠部将韩建，尽斩李唐诸王于十六宅，昭宗无奈，只得将怀有身孕的淑妃何氏立为皇后。此后不久，朱全忠杀宰相崔胤，劫持唐昭宗李晔，自西京长安迁都东都洛阳。网上给出的资料，却为"乾宁四年"——公元897 年，不知为何与史实不符。

朱全忠原名朱温，安徽砀山人，原为追随黄巢的起义军将领，叛降李唐王朝后，赐名朱全忠。先是授宣武节度使，不久又因镇压

※ 考水村

黄巢起义有功，封为东平王。正是秋雨秋风、秋气渐深时候，昭宗李晔一路上惶恐不安，一夕数惊。第二年三月，在途经陕州时，何后产下了一名男婴。昭宗深知此去凶多吉少，就将刚出生的皇子，偷偷托付给了贴身侍卫胡清。胡清为徽州婺源人，行三，人称胡三。如今已经无法描述当日的仓皇和凶险了，难以想象胡三经历了怎样的艰险才将皇子带回家乡婺源。因徽州素有"十胡九汪"之谓，遂改胡姓，名昌翼，以融于众胡之中，掩人耳目。果然，胡三逃出后不久，朱全忠即下令将昭宗身边两千侍卫全部杀死，接着又杀了昭宗，由此，"胡昌翼"便成为李唐王朝留在世间的唯一皇子。

李唐王朝正式覆灭了，而中国历史也至此进入了战乱纷起的"五代十国"时期。朱全忠灭唐后所建"后梁",是"五代十国"第一个王朝,也是中原五个王朝中最小的一个,辖地仅占今河南、山东两省,陕西、湖北大部,河北、宁夏、山西、江苏、安徽等省的一部分。不过,后梁王朝仅存在了短短十七年,即被"后唐"取代,梁太祖朱温,也被自己的第三个儿子朱友圭所杀。而隐姓埋名的胡昌翼,度过了人生最危险的时期,于后唐同光三年(925年),即二十一岁那年,以第二名进士金榜题名。这时,义父胡三公"授以御衣瑶玩,以示太子实", 告诉了他的真实身份。

我想那一刻胡昌翼一定是受到了极大震动,这才促成他最终选择了"遂不仕,隐居考川"的人生道路。他此后果然耕读于乡里,讲经于书院,怀古于幽谷,交游于僻野,无意于仕途。当然,他的身份不久也被乡人知道了,便纷纷尊他为"太子"。他在二十四都朱源溪上架的木桥,也被乡人直呼为"太子桥"。一直到元代,其十五世孙胡明善,才将木桥改为石桥,并作《明经桥碑记》立石于桥侧。由于胡昌翼"倡明经学,为世儒宗,尤邃于《易》",著有《周易传注》三卷、《周易解微》三卷、《易传摘疑》一卷,世人尊其为"明经翁"。 其后子孙世以经学传承,署其族曰"明经胡氏"。

这即是中国历史上赫赫有名的"明经胡氏"的来历。

取诗之意曰考川

　　胡三公带着襁褓中的胡昌翼回到考水时，考水并不叫考水，那时的考水村，或者有名字，或者没有名字。

　　今天我们已经无法知道之前的考水是以什么名称在这一片乡村中出现。而如今的"考水"村名，是"无意于仕"的胡昌翼，取《诗经》之意而得。诗云：

　　　　考槃在涧，硕人之宽。独寐寤言，永矢弗谖。

　　　　考槃在阿，硕人之薖。独寐寤歌，永矢弗过。

　　　　考槃在陆，硕人之轴。独寐寤宿，永矢弗告。

　　这是《诗经·卫风》中名为《考槃》的诗，一首卫地关于隐者的歌谣。"考"是"叩击"的意思，"槃"同"磬"，是古代的一种乐器。黄熏《诗解》说："考槃者，犹考击其乐以自乐也。"诗中的"硕人"，指身材高大而品德高尚的人，这样的人他无论是生活在水涧、在山阿、在原野，都"扣槃而行"，自由而快乐。这首诗有一种逍遥轻快的氛围，而胡昌翼"得诗人考槃之意"，将自己

※ 考水村的天空

的村庄取名"考川"，是为了表达自己"义不屈仕"的人生态度，希望自己过一种远离政治、专心经学研究的学术加田园的生活。

俗称"考水"的考川，就这样进入婺源的历史，成为一个以"经学"名于世的村落。考水四围青山：东有玛瑙峰，南有南峰尖，西有汪禹尖，北有珊瑚峰；三面流水：源出黄荆尖的一条清溪，由东北而西南，在村东一带婉转入村，汇凤形山、龙形山、虎形山流出的多条小溪，成宽十多米的河流，而后环村绕户，潺潺而出。考水就坐落在河流的南岸，村基为铜锣形，中央为盆地，临溪筑有多处"溪埠"，隔上三五步，就有妇女在河上浣衣，荡漾出一川颜色。有趣的是流经考水的河流既不叫考水，也不叫考川，而是叫"槃水"，就很有些古意了。

穿过村口牌楼，就是"维新桥"，取《诗经·大雅·文王》"周虽旧邦，其命维新"之意，始建年代不详，但距清康熙十七年（1678年）重建，也有三百多年的历史了。此为进村的门户，单孔石拱，桥上有四开亭廊，前后有"桥亭典雅疑别墅，寮阁峥嵘掩村扉""群山脉脉拱村廓，秀水源源汇考川"的楹联。单孔石拱桥，是最能传达中国传统审美韵味的桥。由于三面临水，槃水多桥，有名的有迎恩桥、四封桥、书院桥、步云桥等石桥或木桥。

而位于北钥门外的四封桥据说很有些来历，明正德年间的尚书潘潢、副使方舟的母亲，佥宪潘选、参政潘鈇的妻子，都是考水胡氏女，这座桥就是她们共同捐资兴建，因此取名"四封桥"。"封"是加封"诰命夫人"的意思，在封建社会，这是很高的荣耀。除这些桥以外，村周还有明经桥、弄璋桥、长寿桥、云峰桥、双溪口桥，等等，都是一些很古老的桥。考水有三条石板街，即前街、中街、后街，据说三条街的风水很不一样，前街出贵富，中街出高官，后街则多为平凡的乡里子弟。进士第、文昌阁、郡马楼、文笔台等显示一个村庄历史和人文的宗族性公共建筑，全都集中在中街。据村史记载，清乾隆年间，中街的宅基涨到上千大洋一亩，鳞鳞鸳瓦，参差高墙，清一色官邸人家。有句俗语"上海道一颗印，不及考水中街一封信"，便是形容中街官宦人家权势之大、门庭之显赫。

不过岁月总是无情，几百年风雨侵染，中街的深宅大院和前街的亭台楼榭，大部分都已毁坏，只是凋敝的粉墙黛瓦、雕梁画栋，仍依稀可见当日的风貌。前街保存较为完好的古建筑，唯有"敦本堂"。乡土中国是以耕读为根本，所以广袤的徽州村落，有很多宗族将自己的祠堂命名为"敦本堂"或"务本堂"。敦本堂的规制，一如徽州宗祠，八字门坊，水磨清砖，门罩下有精美的砖雕图案，但在"文化大革命"期间遭到了破坏，有些模糊不清了。汉唐之时，祠堂均建于墓所，称为"墓祠"，南宋朱熹《家礼》立祠堂之制，从此称家庙为祠堂。这里既是考水人祭祀祖先的地方，也是宗族聚会议事的场所。敦本堂只是考水胡氏的一座支祠，但规模也已经足够宏阔。

胡氏子孙"世以经学传"，仅宋元期间，明经胡氏就出了七位经学家，被誉为"七哲名家"：八世祖丁派理学名儒明经胡公伸，号环谷先生；十二世祖戊派理学名儒明经胡公方平，号玉斋先生；十三世祖壬派理学名儒明经胡公斗元，号勉斋先生；十三世祖己派理学名儒明经胡公次炎，号梅岩先生；十三世祖戊派理学名儒明经胡公一桂，号双湖先生；十四世祖壬派理学名儒明经胡公炳文，号云峰先生；十五世祖己派理学名儒明经胡公默，号石邱先生。特别是八世祖胡伸，被尊为"江左二宝"之一。《宋史》载："时胡伸亦以文名，人为之语曰：江左二宝，胡伸、汪藻。"汪藻是活跃在北宋末年、南宋初年的文学家，饶州德兴人，祖籍也是婺源。宋徽宗嗜古好事，亲制"居臣庆会阁诗"，群臣献诗，汪藻独领风骚，与胡伸俱有文名，时称"江左二宝"。汪藻诗作多触及时事，如"百年淮海地，回首复成非""只今衰泪眼，那得向君开"等，郁愤至深，寄兴沉远，颇有杜诗中的风骨。

胡伸的诗文，虽遍查资料而不得，但能与汪藻齐名，也应该不错。

朱熹从福建回乡时，曾题考水为"明经学校，诗礼人家"，说明考水的教育发达，是有历史渊源的。明经胡氏"科第接踵"，名人辈出，仅有著述行于世者，即有二十余人，著作多达六十二部之多。这是考水人的骄傲。但我看某些资料，把清末红顶商人胡雪岩、江南巨贾胡贯三、徽墨大家胡开文、新文化巨匠胡适等，一揽子归入考水胡氏，觉得很不严肃。胡姓是大姓，徽州乃至整个中国的胡姓都出过不少能人，它的根源也极其复杂，历来就有"明经胡""李改胡"等等的区分。

比如近代胡适。胡适是绩溪人，然则胡适所属的上庄胡氏，究竟是属于哪一胡呢？明经胡？金紫胡？遵义胡？龙川胡？搞不清楚。但是胡适实事求是的态度是令人赞赏的，当年，蔡元培赞其"家学

渊源"、出生于世传"汉学"的绩溪胡氏时，他就声明自己与文献
之族的绩溪"金紫胡氏"不属于一宗。

　　徽州胡氏出过许多的大人物。胡昌翼卒于宋咸平己亥（999年）
十月三日，享年九十有六。他就葬在考水村左近的"黄杜坞"，俗称"明
经湾"。墓地坐北朝南，群山围拱，晨昏常有云气缭绕，久久不散。
当地人称"太子墓"，村道上的指示牌，也注明的是这三个字。因
墓顶绘有太极阴阳八卦图案，又称"八卦墓"。墓前立有石碑，上
书"始祖明经胡公之墓"，左右镌刻有"明经胡氏""三延并茂"
的字样。经当地人解释，才知胡昌翼三个儿子名为"延进、延宾、

※ 考水村"太子墓"

延臻"，"三延并茂"是后世永祚、子孙繁茂的意思。

　　网上说考水有"中国易学第一村"的称号，说是"世界易学看中国，中国易学看考水"，不知是学界共识，还是自话自说。不过出自考水的胡方平、胡一桂、胡炳文、潘士藻，在中国易学史上都有些地位，有人甚至认为，他们是中国易学史上四个特殊的符号。胡方平是宋末元初传承朱熹易学的重要人物，著有《易学启蒙通释》二卷。胡一桂在思想创新相对不足的元代易学中，从"天地自然之易"入手，创新了"日月为易"说。胡炳文的祖父胡师夔，曾求学于朱熹门下，撰有《易传史纂》等专著。父亲胡斗元，十四岁拜朱熹从孙朱洪范为师，研习《易》学。在父祖的影响下，胡炳文日解一爻，七日通解一卦。一门三代俱为易学名家，同列"明经胡七贤"。而作为明经书院第一任山长，胡炳文的声名远远大于父祖。明万历癸未进士潘士藻，官至尚宝司少卿，著有《义海》《洗心斋读易述》等易学专著。

　　至今仍有从福建千里迢迢来考水寻宗问祖的胡氏族人，在八卦墓前跪拜如仪，三伏九叩。

※ "明经书院"旧址

弦诵之盛甲东南

　　出考水村往东北方向，有一片几乎分辨不出轮廓的残垣断壁，那是曾经重楼叠院、名重东南的明经书院旧址。

　　远处的油菜花田，大海一般起伏跌宕，春光明媚如昨。明经书院旧址之上，瓦砾散乱，蒿草没膝，野花星星点点一路开到了天涯。

※ 考水村边

　　看到这样的情形，大约已经没人能够想象到如今荒草萋萋、残破败落的明经书院，在元、明、清三朝，曾是多么的声名显赫。据说历朝历代，明经书院都有皇帝颁赐的御书金匾。

　　不知道今天它们到哪里去了。

　　人世间的沧海桑田，似乎总以这种不经意的方式呈现。时近正午，暑气浮荡，野草越发蓬勃了。废墟后面，通往休宁的古驿道，已经完全湮没在丛生的蒿茅之中了，一同隐没在草丛中的，还有曾经在明经书院就读的莘莘学子的身影。世人多关注徽州古道与徽州商人的关系，却忘记了它与徽州学子的关系。古代婺源的读书人，多是沿着徽饶古驿道，前往徽州府城参加科考，最终走上读书入仕的道路。

　　考水左近，有两条古道：一曰"小岭"，通往岭下村；一曰"大岭"，通往太子桥。所谓"小岭""大岭"，都是当地俗称。岭下村属于浙源乡，是婺源的北大门，而太子桥位于徽饶古道上，距离县城紫阳镇大约五公里的路程。与徽杭古道的沿壁而上、沿壁而下，盘旋于崇山峻岭之间不同，徽饶古道多是蜿蜒迂回于村落之间，婺源几乎村村沿古道而建，户户傍古道而居。徽饶古道也不那么壁立千仞，而是穿村绕户，而后渐行渐远，最终隐没于田野和山林。

　　行走在徽饶古道上，春天，有蓦然出现的大片大片的油菜花，秋天，有蓦然出现的大片大片的野菊花，明艳如染，灿烂如金。当年有多少学子，沿明经书院后面的"小岭"和"大岭"古道，前往婺源县城和徽州府城，参加最初一级的县试和府试，至今又有多少人艰难地往返于这些崎岖的小道，为了实现自己入仕济民的梦想。我似乎隐约听见，在澎湃的草木气浪中、残破的书院里依然传出古代学子的读书声。

明经书院是考水人胡淀，为了纪念远祖胡昌翼，于元至大三年（1310年）所创建。据《婺源县志》记载，创建之初，"四方学者云集"，"历数年，学者至盈千人"，"一时弦诵之盛，盖甲于东南"。今日的草丛瓦砾之上，当初曾建有大成殿、会讲堂、书斋、塾堂、斋舍等建筑两百余间，其前设有"明诚""敬义"二塾。胡淀在建

※考水村头的"书乡考川"碑

院之初，即捐出田产三百亩，其族侄胡澄捐田五十亩，合计三百五十亩，"输其岁入，以养师弟子"。徽州书院一般都有田产，主要来自于宗族的捐助。明清时期，徽州宗族"族必有产"，为宗族的共有财产，其中最大的投入便是修建书院。

休宁《茗州吴氏家典》规定："族内子弟有器宇不凡，资禀聪慧而无力从师者，当收而教之。或附之家塾，或助以膏火。"投入书院的族产一般称作"学田"，书院称作"义学"。明经书院规定，宗族子弟不论贫富，士人不论远近，都可以到明经书院读书，书院提供膳食和住宿。不仅是族内子弟，附近村落的学子，也可以到明经书院求学。元代经学家、国子监司业吴澄曾对明经书院发出这样的感慨："真儒明经之学，复见于朱子之乡，不其伟欤！"当时的婺源知州黄维中，考察了新建成的明经书院后，上奏朝廷，请赐匾额"明经铨注"。已年届花甲的胡炳文应知州黄维中之请，辞去信州路"道一书院"山长一职，回到家乡执掌"明经书院"。

而后便轮到明经书院历史上最重要的人物，也是明经胡氏历史上最重要的人物出场了，他便是胡炳文。胡炳文自幼好学，十二岁起就经常读书至深夜。他专心研究朱子理学，但对于诸子百家、阴阳医卜、星历术算也无不精通。由于学问精深，曾受聘在婺源县学讲学，还先后出任江宁（今南京）教谕、信州路（今江西上饶）学录和"道一书院"山长，被尊为一代名儒。胡炳文看到当时一些学者只知临摹晋帖、吟诵晚唐诗，却不懂经学，深为忧虑。他认为朱子家乡、明经故里，更要秉承先圣衣钵，弘扬理学。为使明经书院真正能够"循明经之名，责明经之实"，胡炳文出谋划策，胡淀奔走效力，二人不分寒暑，日夜为书院操劳。胡炳文四处聘请"道高而器弘，经明而文古"的人来书院任教，同时亲自编写教材，亲自上课讲学，《纯正蒙求》就是他专为刚入学的儿童编写的启蒙教材。这本书以儒家经典注释和历史人物如何读书、处世、做人的事迹为内容，编成四字一句韵语的教材，便于孩子们记忆和背诵。如今考水村上了年纪的人中，还有能够记得其中内容的。

书里有"君实枕圆，纯仁帐墨"一句，下面有这样的注释：宋朝的宰相司马光，字君实，刻苦好学，他为了减少睡眠、增加读书的时间，就用一段圆木当枕头，睡着后一翻身，圆枕滚动，人就醒了，马上起身再读书。纯仁，是宋朝著名文学家范仲淹的儿子，晚上还要把蜡烛移到蚊帐中读书，久而久之，帐顶被烟熏得像墨一样黑。后来，他当了宰相，他的夫人就把蚊帐拿出来教育孩子。书中还有"孔融取梨""温公击缸"等典故。据说《纯正蒙求》每卷一百二十句，总三百六十句，篇幅不大，但内容丰富，朗朗上口。《四库全书》说："此书循讽吟哦，以资感发，与朱子《小学外篇》足相表里。"评价很高。

　　临走时，我郑重拜托村中老人，为我寻求这本《纯正蒙求》，也不知能不能找到？

　　书院建成不久后，胡淀即因劳累过度去世，胡炳文肩上的担子更重了。他办学的宗旨很明确：一是要传承朱子之学："我辈居文公乡，熟文公书，自是本分之事。"二是要修身养性："始教人明经学，然后为士。"他自己率先垂范，言传身教，不言利禄，当时有人以高薪来聘请他，要他离开明经书院，他不为所动，朝廷擢拔他去浙江兰溪州担任学正，他也坚辞了。

　　他的大半生，都在明经书院度过，直到古稀之年，仍坚持讲学，亲自批改试卷。有人曾见年届七十高龄的胡炳文所拟试卷，从头至尾是规规整整的蝇头小楷，无一字差错，无一处舛误，不由地大发感慨："有这样好的山长，乡试会试，还愁不出人才？"十多年间，果然明经书院培养了上千名学子，名重东南。

　　胡炳文的学术，以朱子为宗，著有《诗集解》《书集解》《春秋集解》《杂礼纂述》《大学指掌图》《五经会义》《尔雅韵语》《启蒙五赞释》《四书辨疑》等。收入《四库全书》的就有《四书通》二十八卷、《云峰集》十卷、《周易本义通释》十二卷。他在致大畈村学者汪宗臣的书信中说："炳文年将八十，诗书未曾顷刻释手，自笑头如雪，而读书之眼犹如月也。"

这是个很有幽默感的老头，他一生写了很多文章，有古近体赋、书、论、记、序、题跋、字说、碑、传、墓志铭、上梁文、启、箴、铭、辞、诗等，收录于《云峰集》二十卷，但因兵乱毁散，仅存十卷。他在文学上的成就也很高，其杂文平正淳雅，没有宋人语录皆入笔墨之习。他的诗写得也好，文辞优美，典雅纯正，如赞咏婺源"星源八景"之《廖坞鹤烟》：

一弘香泉流不涸，一洞幽花自开落。

夜半月明松上声，知公乘云下寥廓。

公去不知几何年，公归犹认丹炉烟。

炉烟已冷春风暄，花流洞口泉涓涓。

构思别致，文辞跳跃，一点也不酸腐。他病逝于元统元年（1333年），终年八十四岁，算是高寿。后任山长有余元启、李惟诚、胡世佐等，俱是名重一时的学者。

受明经书院的影响，考水在历史上还先后建有石丘书院、云峰书院、明川书院、心远书院、万山书院、山屋书院、商山书院、湖山书院、道川书院、阆山书院、石丘书院、樟源书院、桂岩书院、双溪书院、明德书院、霞源书院、双杉书院、天樱书院等，其余无书院之名，而有书院之实者如四友堂、富孝堂、正经堂等，数不胜数。婺源县东北乡流传有民谚"段莘茅屋书声响，放下扁担考一场"，

※ 村里新修建的考水小学

由此可知婺源的教育普及程度。婺源《董氏宗谱·凤游山书屋记》曰："古者，家有塾，党有庠，术有序，国有学，由来尚矣。"通过兴族学、建书院，徽州人才辈出，代有名儒。在有清一代，徽州一府六邑科举之盛，位居全国第二，仅次于苏州府。明代左春坊汪仲鲁，在为洪武二十年（1387 年）《明经胡氏宗谱》作序时说："吾邑考川胡氏，人物之盛，文学之懿，他族罕比……考川富贵繁丽，吾无所羡；惟比屋书声，他处所无，为可敬羡耳。"而"比屋书声"的氛围，正是明经书院所营造。元至正十二年（1352 年），明经书院遭大火焚毁，二百三十二年后，万历十二年（1584 年）再次"合族重建"，此后绵延至清，书声不绝。

明文学家程敏政有《题兴复明经书院》诗：

> 书藏不说几青箱，堂构还同旧墨庄。
>
> 一日衣冠重步武，百年林壑倍生光。
>
> 身传古学惟师孟，谱摘遗宗本自唐。
>
> 流荫满庭应未已，春风乔木正苍苍。

重建后的明经书院一如旧制，规模仍然很大。清康熙五十三年（1714 年），书院移建于村后凤山东麓，至于为什么移建，没有查到记述。

太阳渐渐西沉，不远处就是云峰书院的遗址，云峰书院也是胡炳文所创立，"云峰"是他的号。据不完全统计，宋元以来，徽州共建有书院二百六十多座，而今天，它们大都已经湮没在历史的烟尘之中了。

何处为家

2016 年是"婺源回皖"运动七十周年，但比起十年前的六十周年纪念，要冷清得多了，几乎没有什么人提起。虽然此前，因为习近平总书记"望得见山、看得见水、记得住乡愁"的这一番表述，全国关于"乡愁"的文化解读遍及网络，而最能体现"文化乡愁"的"婺源回皖"运动，也是意料之中的没有回应。时间能够改变一切，时间也让人忘记了坚持，能够抚平伤痛。网上零零星星，有一些皖赣两省的互黑或互谑，但都无关痛痒，都不是主流的声音。从地域文化来看，婺源归于传统徽州文化版图是无可争议的事情。而徽州文化对于婺源人的影响早已彰显于日常生活之中。因此，这次安徽省徽学会组织编写的《乡愁徽州》系列丛书，除歙县、黟县、休宁、绩溪、祁门等卷外，婺源卷也理所当然地收录其中——与绩溪一样，仍是采用传统徽州的概念。

※ 雨中的婺源

　　远去的家园，每一日都似去得更远，而婺源也许永远永远，再也不能回归徽州的版图。

　　但是这也无妨，古老徽州在经历了七十多年前的动荡后，已然平静如初。

　　但是，哪里才是婺源人的"乡愁"呢？

"脱徽"与"隶赣"

　　知道这段历史的人，已经很少了。

2015年9月3日，我坐在"瑶湾景区"高大敞亮的接待厅里，听胡金文老人讲述了那段逝去的历史。

"瑶湾景区"的名字听着就很"高大上"，它是考水村新落成的综合民俗景区，坐落在考水村外的山坳间，周遭群山环翠，溪水流淌，景区内有酿酒坊、制茶坊、糕饼坊、油榨坊、老水碓等农耕时代的怀旧景观，有古驿道、荷花塘、老戏台、吉祥钟、旧塾院等再现明清风貌的徽州老建筑。

天空蓝得清澈，胡金文老人的声音中，却杂合了岁月的厚重和苍迈，混合着难懂的徽州方言，让我愈加困惑，也颇受震动。

那是1934年9月4日，南京国民政府正式做出决定，将安徽省婺源县划归江西省，隶属江西第五行政区。这之前，1934年春夏之交，国民政府出于"剿匪"需要，拟将婺源区划调属江西。消息传出，婺源全县，徽州全府，安徽全省，均一片反对之声。在安庆，三百余名出席徽属六邑旅省同乡会的代表，表示了强硬的态度。大会做出两条议决：一、由前推代表向省府请愿时连带陈述不能划分理由；二、分电国府中央党部行政院内政部南昌行营力争。

想也可知，国民政府哪里会去理会徽属六邑旅省同乡会的小小议决？尤其是在当时的情势下。所以在9月4日签发的《中华民国国民政府军事委员会委员长令婺源县政府文》中，蒋介石逐条批驳了皖省代表的意见，呵斥皖人要"共知大义所在"！他所谓的"大义"，即是反共"剿匪"的需要，他寄希望于"一经改隶，责任既专，指挥尤便，扑灭残匪计日可期"，所以态度十分强硬。

那一日不知是秋雨连绵，还是秋阳高照，历史已将很多细节淹没，可想的是当日的婺源城，是如何群情汹汹、舆论哗然。婺源当地民众、乡绅社团、旅外婺侨纷纷发出强烈抗议，理由主要集中在三个方面：一、习俗悬殊，二、经济差异，三、文化偏离。国民党婺源县政府的官员也一反常态，再三再四地拖延推诿，不办交接。老人复述当时的情景，声音仍然因激愤而微微发颤。

我问："老人家，那年您多大啊？"

老人说："那年啊，我还不会说话呢。"

我听着觉得奇怪，而老人的神色依然平静。他已经七十多岁了，也就是说那年他还不满十岁，还是孩童。

可今日的我听他叙述这件往事时，依然听出了一种愤怒。这种情绪会不会是老人从他父亲那里继承下来的？想来这种不甘，在婺源老一辈的心中，都曾久久萦绕，无法消散。老人说一直到离开人世，他的父亲都不能释怀。

"今天来看，即使到我闭眼的那一天，这个愿望也不可能实现了。"他说。

※ 时值中国人民抗日战争暨世界反法西斯战争胜利七十周年,婺源的一户人家在家门口插上了国旗

我听了，颇觉心中黯然。

那篇《中华民国国民政府军事委员会委员长令婺源县政府文》，据说是蒋介石亲自撰写，他如此不顾身份，亲自上阵，固然是为了平息社会舆论，但也可看出他的急切。从1930年12月，对江西苏区发动第一次"围剿"，到1933年2月，第四次"围剿"失败，蒋介石已经变得越来越急不可耐。1933年年初，日军大举入侵华北，中华民族到了生死存亡的关口，蒋介石却仍然置民族危亡于不顾，继续推行"攘外必先安内"的反动政策。1933年2月6日，他亲自兼任"江西剿匪总司令"，在南昌设置行营，以统一指挥进攻苏区红军。1929年2月，方志敏在这里建立了赣东北革命根据地，并于1931年占领了婺源全境。这让蒋介石如鲠在喉，几无宁日。为了"清剿"红军，国民政府军事委员会南昌行营采取了四面围堵的方略，但婺源三面与江西毗连，在军事行动上带来很大问题。时任赣粤皖湘鄂五省"剿匪"预备军司令的陈调元，于是建议在皖赣浙边界地区划定特别行动区，得到南昌行营秘书长杨永泰的赞成，也深获"蒋心"。1934年6月，蒋介石以"婺源僻处山陬，层峦叠嶂，匪薮难除，为便清剿起见，议将婺源划归赣辖"为案，提交行政院"一六六"次会议通过，并行文饬皖赣两省。婺源即是在这种情势下划归江西，隶属"第五行政区"。

　　1934 年 9 月 4 日，婺源正式由江西省政府接收，从此脱皖归赣，并在浙岭以北婺休分界地分水村口，树立了"皖赣分界"碑。

　　面对这一荒谬的决定，婺人惊骇莫名，悲愤难言。也就是因为这个决定，大规模的"婺人返皖"运动至此拉开了序幕。据说曾有极端者在婺源地方特产"江湾月饼"上，公然压上"返徽"字样，以"徽"与"辉"同音，隐喻唯有回到安徽，婺源才有"光辉"的前景。改隶一年后，1935 年 9 月 12 日，歙县《徽声日报》刊发《婺各界为"九·四"纪念告旅外同乡书》，称婺源划赣后政治状况均较隶皖时"窳败不堪"。"九·四"婺源改隶江西之日，实"婺民一页痛史也"。然而很快，抗日战争全面爆发，连天烽火中，婺源

※徽州村镇里最常见的桥

和中国一起，承受国土沦陷的耻辱，"婺源回皖"活动陷入低潮之中。

抗日战争胜利后，"婺人返皖"的情绪再度高涨，并前后持续了二十个月之久，终于促成国民政府于 1947 年 8 月 16 日将婺源重新划归安徽省。

然而欢欣鼓舞的婺源人做梦也想不到，仅仅一年多之后，"改隶"的命运就再次降临。1949 年 5 月 2 日，随着婺源县城的解放，徽州全境解放，流行的说法是：由于解放婺源县和江西省的同为"四野"，出于军事管理上的方便，将婺源县划归了江西省。但查《徽州地区简志》与《婺源县志》，当时解放婺源的是"二野"而不是"四野"，包括屯溪一带，也都是"二野"三兵团在驻守。1949 年 8 月，"二

※ 与婺源一山之隔的安徽省休宁县璜茅村

野"留驻婺源的工作人员要开赴大西南,这才由"四野"派员来接管。一位名叫程极平的当事人回忆说:"到新中国成立时,徽州专署已经决定派杨建图及歙县的吕卿等人前去婺源接收了,不料江西方面领导人已经接收了。婺源县的归属问题,从此成了一个历史问题。"

杨建图解放后,曾任徽州专署教育科长。

1949 年 5 月的解放大军,正处在"宜将剩勇追穷寇"的喜悦和亢奋之中,而刚刚解放了的皖赣交界地区,也局势动荡,情况复杂多变。究竟是出于什么样的考虑,将婺源交由"四野"接管?又是谁做出的这一决定?这一切的一切,今天我们都无处求证了,它也许是一个谜,永远沉入历史深处。

1949 年 5 月,解放了的婺源,再次隶属江西省。

今人与前人

"男要回皖,女要回皖,男男女女都要回皖;生不隶赣,死不隶赣,生生死死决不隶赣。"这是一条流传甚广的标语口号,表达了七十多年前婺人"返皖"的意志和决心。

七十多年后的今天，坐在"瑶湾景区"前厅游客接待处的我，听到这段口号时，却觉得有些茫然。

远观历史，那种激烈、那种悲壮、那种宁为玉碎不为瓦全的决绝，似乎都与眼前的一切格格不入。我的面前分明是徽州风格、徽州气派，萦绕着徽州的气息和氛围。就连胡金文老人，也和谐于徽州的山水景致，脸上常有一种温文尔雅、含蓄内敛的神情。徽州似乎远去了，又似乎还在。

那么在年轻一代的心目中，也还有徽州的位置吗？

问到这儿，胡金文老人有些情绪低落："生活都好了，现在的年轻人哪还在乎这个？"

"哦……"

我想起之前查资料时看到的介绍，那样冷冰冰的叙述让我颇觉得不忿。如今在听到亲历者口述历史上的"回皖运动"时，我却变得有些不大理解了。为什么同属一国的两个邻省间，也会有那么大的冲突和隔阂呢？

1945 年抗战结束后，国内形势趋于稳定，南京的国民大会正在紧锣密鼓的筹备之中，而婺源这边，县参议会已经开始上下串联，准备发起新一轮"回皖运动"。1946 年 4 月 22 日，由婺源县商会发起，婺源县参议会组织，婺源回皖运动扩大筹备会议召开。大会讨论并通过了"回皖运动计划大纲",回皖运动委员会正式成立,推选参议会议长程宝民为主任委员,俞子静为副主任委员,委员会成员由县里有名望的乡绅组成。委员会下设总务组、宣传组、请愿组、游行组、纠察组和劝募组六个小组,设有组长、副组长若干名,各负其责,委员会办公地点就设在县参议会。不仅有组织、有纪律、有计划、有线路、有宣言、有口号,还有现场指挥和后勤保障。"婺源回皖运动周"开始后,民众罢市、工人罢工、学生罢课,连续一周游行请愿,掀起了"回皖运动"的高潮。1946 年 4 月 27 日,天下着小雨,由县中简师组织的"晨呼队",从凌晨四点开始高呼口号:"我们要回到安徽去!""是时候了,我们快回到安徽去!"细雨霏霏之中,口号声如狂飙一般,将婺人的情绪瞬间点燃。七时左右,一列列队伍高举小旗,穿过县城的大街小巷,最后集中到了县城公共体育场,等待举行婺源民众大会。主席台上坐着县参议会议长程宝民,议员俞子静、程问吾等地方贤达,却没有一个官员。大会由司仪汪佩主持,由程宝民演讲。演讲词虽然简短,但极具煽动性。此后数千人同声高呼"回皖"口号,将旗帜连成一条长虹,在连天雨幕中,绕县政府缓缓而行,直至天明。

请愿组的老先生们,则鱼贯而入县政府大堂,请梅县长代向国民政府转呈"请愿书"。隔着县衙的高墙,口号声一阵阵传来,让

老先生们热血沸腾。游行请愿的队伍沿小北门、正北门、儒学前、西关外，折入程家街、正街、城隍庙、后街……一边游行一边高呼"头可断，血可流，不回安徽誓不休"的口号，一时大地震颤，山河俱惊。

那一夜，婺源如珠的雨帘，不知是否是由婺人的泪水汇集而成。

今天，我们已经无法再现或描述请愿当日的情形了，或者今天的婺源人也不太能够理解当日婺源人的愤怒，以及他们势不两立、誓不罢休的极端感情。

历史已然远去。但家乡不会，即如胡适，一生对徽州，对家乡绩溪，都心心念念，在思在望，未敢有片刻忘记。胡适晚年对助手兼秘书胡颂平说过："徽州话是我的第一语言。我小时用绩溪土话念的诗，现在也只能用绩溪土话来念。"

迢遥山水，乡关何处？他说了一件非常平常的小事，却让我感受到了他那愈到暮年、愈是萦绕于心的乡土之念。所以也就可以理解，为什么他对"婺源回皖"抱

※考水村村民胡金文老人

有这样的决心和热情。南京国民大会期间，婺源旅沪同乡会会长江植棠亲赴南京，联络皖籍国民代表，找到了胡适。胡适二话没说，当即表示由他交给国民大会主席团代表张厉生转呈。胡适将江氏主稿的请愿书略作修改，经过多数皖籍国民大会代表签名后，直接交给了张厉生。

其时，张厉生是内政部部长，以下是当时"请愿书"的全文：

国民政府主席蒋、行政院院长宋、内政部部长张钧鉴：窃查婺源县自唐代设治，即隶徽州，于徽属各县，在地理形势上，则山河连贯，宛如唇齿相依；在经济上，则互相利济倚赖，特维密切；举凡人情风俗，六县莫不相同，而先贤朱晦庵、江慎修，又为中国思想学术之宗师，故皖人之视婺源，犹鲁人之视曲阜，精神联系，无可析离。中枢曩年为便利"剿匪"，将婺源划归赣辖，十余年来，该县同胞因赣政设施，诸多捍格，深感不安。历年叠经请求还隶皖省，不下百数十次之多，只以"剿匪"与抗战尚未结束，未邀准允。兹当本会开幕，该县人士及旅外团体与省县参议会，纷纷呈请准予划回皖省管辖等由，代表等以婺民思归皖省心切，凡属皖人靡不同情。虽地方配隶，中央自有权衡，而民意所趋，政府似应重视。除分电国民政府外，谨此陈请，伏祈俯顺舆情，准予仍将婺源县划回安徽，以慰民望，无任企幸。

"请愿书"之后，有国民大会安徽代表李应生、高一涵、胡适等人的亲笔签名。这份"请愿书"，最终促成了国民政府派出刘己达、宋振榘、杨秀岩，作为内务部、江西省和安徽省三方代表，到婺源进行实地勘察。据说，安徽省第七行政督察区长官宋振榘进入婺源时，沿途百姓手执小旗，拥堵道路，燃放鞭炮，夹道欢迎。婺源和休宁的交界是山区，道路崎岖，人烟稀少，但婺休边界上早就有大批群众等候，挥舞着"我们要回安徽去"的标语旗子，有人甚至直接高喊："请宋专员带我们到安徽去！"现场喊声震天，一呼百应。

离县城不远的汪口镇，那个时候贴的都是这样的对联："滕王阁景休留恋，皖公山色系人思""古调怕弹西江月，故乡欲返皖公山""羞饮西江一勺水，归看黄山卅六峰""寝馈不安思脱赣，恩膏早需速回皖""事齐事楚，全凭人心所向；属赣属皖，应以民意为归"，等等，急迫得似乎在江西一天也待不下去了。一路上"处处迎接，户户请愿"，当宋振榘一行，终于在3月29日晚到达县城紫阳镇时，据说有三万多人出城相迎。

那一夜"晨呼队"闻鸡起呼，一路高唱"回皖运动进行曲"，直到太阳从东方升起。是这样民情沸腾、民心所向！不仅让宋振榘惊心，也惊动了另一个人的心。据台湾版胡颂平所编《胡适之先生晚年谈话录》所载，胡适在1961年4月26日说了一段话："经蒋

介石同意，1947 年 8 月 16 日，婺源总算划回安徽省。"8 月 16 日
是皖赣两省"婺源管辖权"正式交接的日子，至此婺源在被划出安
徽十三年后，终于重新划归安徽管辖，隶属安徽省第七行政区。

　　消息传来，婺源乃至整个徽州奔走相告，击掌相庆。《休宁县志》
记载了当日海阳、屯溪街头鞭炮齐鸣、人头攒动、万人空巷的情景。
胜利的喜悦，沸腾的民意，都是今天的我们所无法想象的。

　　和我一样无法想象的，还有婺源的许许多多年轻人，他们对
"回皖"还是"隶赣"、归"徽州"还是"饶州"管辖，没有任何
兴趣。往大里说，他们关心的是找工作、找对象、买房子，往小里

※ 婺源的夜景

说，则是朋友圈里今天该晒什么呀？淘宝"双十一"又要剁手啦！IPHONE7到底什么时候出啊？还有，下部大热IP剧到底是李易峰还是杨洋演？

古村、古道、古桥、古巷……说得残忍一点，徽州和徽州文化，和光鲜亮丽的现代年轻人能有多大关系？

只一点，在网络上该晒的还是要晒。马头墙、老房子、木雕、石刻、祠堂、书院、廊桥、茶亭……毕竟徽州风物最具特色，徽州文化博大精深，遇到需要缅怀的时候，也会情真意切地感慨：我生于徽州之类。

对于这样的感慨，我相信，是发自真心。同七十多年前的一样，这是婺源的前人与今人们的情感，他们真切地表达了诉说者的愿望，只是这两种愿望已经截然不同。

有时我会恶作剧地想，如果让网络上感怀身世的年轻人去游行请愿，要求"回皖"会怎么样呢？

肯定会自找没趣。也许还会被骂上一句：吃饱了撑着吗？你！

回皖运动

在改隶的十三年间，婺源先后发起了四次大的回皖请愿运动。那么当年，究竟是什么让婺人"生不隶赣，死不隶赣"，生生死死，都要回到安徽来？

个中缘由，一言难尽。

从地理上说，婺源位于徽州上游，是徽州门户，从唐宋以来隶属于徽州，历时已上千年，在文化、军事、经济及民生等各个方面，都与徽州融为一体，不可分割。政治和军事的博弈，在前文已有表述。而更深层的因素还有婺源自身的客观条件，婺源自古千岩万壑、争奇蕴秀，最具山川之胜，以至于李鸿章在他为《婺源县志》所作序言中称："婺源广文物，甲于皖南。"自宋以后，婺源更是人才辈出：朱熹故里，堪称徽府之最大荣耀；清代，婺源江永与休宁戴震，同为皖学代表人物，江永集学术之大成，戴震承继而光大，为百年学界所公认。所以在文化上，婺人有一种与生俱来的优越感。

2001年，凤凰卫视在婺源摄制《寻找远去的家园》电视专题片，记者采访到老辈村民，镜头中的老人竟然很直接地说："他们冬天在房间里烧这么大的柴火取暖；我们用小火炉、手炉……过去挑担，这里到屯溪每四里路就一个茶亭，徽州都一样的，他们江西就没有……"语气中，明显流露出对江西人的不屑。或许在传统婺源人心里，徽文化以朱子为表率，而婺源作为朱子故里，流风余韵数百年不泯，那么徽州少了婺源，还能成徽州吗？

※ 婺源县博物馆

也的确如此，徽州一府六邑，在上千年的繁衍生息中，结成了稳定的文化共同体，在民情、风俗、语言、建筑、饮食等社会生活的方方面面，都表现出同一性。徽人之视婺源，犹如东鲁之视曲阜，河南之视洛阳，南粤之视中山，早已成为全省文化精神的象征。而作为一种文化积淀的民风，婺源与周边地区的差异也非常大，"江西之乐平、德兴、浮梁，大都民风强悍，勇于私斗，寻仇报复，法令几不能止"，这让温文尔雅的婺源人很不适应。因此改隶之后，婺源人与周边赣民的摩擦与械斗时有发生。向来温和的婺源人在对抗中，是常常要败下阵来的。

在经济方面，婺源由于山多田少，民众多以经商业儒为生计，而尤以红茶与制砚制墨为大宗，这与土地肥沃的赣东各县形成鲜明的对比。改隶之后，原先同属于徽州的会馆组织，于公债资金方面难以即刻分割，婺源商民失去群体保障，造成巨大的经济危机和心理恐慌。而在江西方面，婺源的赋税骤然加重，以民国三十一年（1942年）为例，原徽属六县的赋税总额为"八万石"，而婺源一县在江西就要缴纳"十七万四千石"，较之邻县高出百分之一百零五。我在考水采访时，胡金文老人就含糊地表示："我们富，他们穷，他们就盘剥我们……"

他说的盘剥即是税收，据说改隶之后，婺源交纳的税赋，比江西各县都要重。有时候经济背后是文化，有时候文化背后是经济，表面的纷争背后，总有利益在支撑。因历代徽商的长期积累，婺源人的生活水平，远在与之相邻的赣东北各县之上。以今人的思维，当然无法理解，但当年这一切都曾切切实实困扰着婺人。老百姓的日子，就是柴米油盐，就是鸡毛蒜皮，针头线脑、一苗一木都可能引发矛盾。在教育方面，作为朱子故里的婺源，改隶前各级小学无论是在数量上，还是在质量上，均优于徽属各邑；但改隶之后，江西第五行政区专员下令改组原有学校，校舍师资卓著的小学均被撤并，增设保立学校，虽数量高达两百余所，但师资和经费投入都明显每况愈下，让婺人有切齿彻心之痛。

而治安方面尤其令婺人担忧，改隶前婺源有民团防卫性质的军事组织，改隶后武器全部被江西方面收缴，这无疑加重了婺人的猜忌之心。零星出现的山匪蟊贼，不断窜扰于赣东北地区，加之婺源层峦叠嶂，为匪徒藏匿提供了便利，婺源境内的清华、太白、沙城、上坦、中平、湖林等地一时盗贼蜂起，枪击事件不断。甚至省立徽州师范的职员，在婺休两县交界处被枪杀，当局也不闻不问。这招致民众的强烈不满，也更加怀念徽州岁月的安详和平静。

由于治安、经济、文化的差异，改隶后婺源普通民众生活备感不便，徽商尤其是茶商因痛失屯溪通道和徽州本土的资金支持，损失惨重。这也是为什么在整个"回皖"运动中，徽商群体尤其是茶商茶农群体积极参与，并成为中流砥柱的深层原因。"婺源改隶"最终上升为一个政治事件，引发了中央与地方、省与省、县与县、社会精英和普通民众等多重矛盾与震荡，整个事件既是政治博弈，也是利益纷争，其影响面之广、教训之深刻，足以让后世所警醒。

深流与浅流

今天，婺源入赣已经半个多世纪，也许在婺源学人心底深处还萦绕着割舍不去的徽州情结，但在普通人的心里，徽州已经无可挽回地渐行渐远了。

也不仅是普通人，年轻一代的学人，对"婺源回皖"也不再有老辈人那样的热情和冲动。当年"返皖运动"的宣言，是仿照《国父遗嘱》所拟写，语气十分激烈："我安徽省徽州婺源县，向来物华天宝、人杰地灵，为程朱之阙里，中华之奥区。今日沦入赣人之手，实我皖人之第一大省耻。为今之计，必当唤起民众，联合一切平等待我之外省人，驱逐老表，恢复河山。"这样的言辞，这样的情绪，

※篁岭景区上扫二维码关注公众号的广告

想来已经严重伤害到了江西人民的感情。连今天的我读来，都觉得有些太过夸张了。

而如今的如今，连"地球"都已经变成一个"村"了，地域和地缘的概念正在弱化，这深刻地影响到年轻人的思维，也让他们的观念更加开放。

连美国都近在咫尺，婺源划进江西的版图，值得这么痛心疾首吗？又没划到地球外面去！

而且现在的年轻人可以挺起胸膛很骄傲地说，对发展的日新月异的祖国来说，就是划到了地球外面，也没有什么了不起。2016年9月15日，丙申中秋夜，北京时间二十二时零四分，"天宫二号"升空。万众瞩目的时刻，连网络那端正在"开黑"的年轻人，也暂时搁下了键盘，欢呼雀跃起来。他们喜悦的是国家的崛起，是民族的复兴，是自己和祖国一样，虽然未知但一定灿烂的未来，是"我们的征途是星辰大海"。

我已经不是他们那样的热血青年，但同样作为当代中国的青年人，我理解他们对七十多年前那段历史公案的不同认识和感受。

197 >> > 何处为家

虽然 1949 年婺源二度入赣，是一个仓促而轻率的举动，但几十年后的今天再看，它以自然区的角度出发来划分行政区域的决定，未尝不是合理的。由历史来看，徽文化的河流也并未因婺源的划出而中断，它仍然滔滔而去，日夜奔腾。

"婺源应该感到庆幸！"这是我认识的江西人说的，是句实在话。婺源在央视的出镜率，远在留在安徽的徽属各县之上，正因为它紧靠徽州独特的地理、人文资源，才能在江西独树一帜，频频在全国人民面前露脸，而如若放到安徽，想来婺源就不会得到这样的优待了。网上就有人做过统计，2013 年 1—10 月，婺源在央视播出的新闻和专题，总数高达五十五条，其中《新闻联播》五条，《焦点访谈》三条，专题片六部，远远高于江西其他县市。婺源已经成为江西的招牌，当然，反过来说，"江西婺源"也已经深入人心。

持续发酵的徽学、徽文化热，和电视上不断推出的徽州专题片，固然引发了婺源年轻一代对"一府六邑"的古徽州概念的认同，但也不可否认，"隶属江西"后行政管理上带来的行政认同，比文化认同来得更直接、更深刻。徽州的概念在普通民众的心里，正在慢慢淡漠下去，连婺源人的口味也有了很大的变化。比如婺源菜中的"蒸菜"，就更靠近赣菜的体系。建筑虽然仍然是粉壁黛瓦马头墙，木雕上却开始出现了彩绘，与传统的徽州"清水雕"已经不同。沧

※ 宁静的集园

海变桑田，总是不言间——而如今婺源的每一时每一刻，都在发生着变化。

但是走进婺源，义与徽州有什么不同呢？石桥、流水、祠堂、牌坊、茶亭、古樟，还有高高的马头墙。

在婺源的大地上，触目依然是徽州的色彩，四季皆是黑、白、青、绿。每到春日，大片大片灿烂的黄。

我无法寻找，是因为你无处不在。

不必找寻的故乡

故乡，从四面八方

聚拢而来

进入我的身体

我的心，让我再次诞生

获得生命的完整

——沈天鸿

2016年4月2日，暮色苍茫时，我到达篁岭脚下。

我记不得自己是第几次进入徽州了，只感觉对这里的一切渐渐熟稔起来。万亩金灿灿的油菜花田，此时已渐渐入青，毕竟已是暮春，油菜花季即将过去。然游人仍熙熙攘攘，慕篁岭盛名而至，前赴后继，不绝如缕。天边有霞云在燃烧，山间有暮霭在缭绕，虽没有袅袅炊烟升起，却也能够知道，该是归家的时候了。想来"黄鹤楼"里的"日暮乡关何处是？烟波江上使人愁"一句，说的便是这样的时刻。不时有农人牵着牛，从我身边走过，不像我过去见过的水牛那般硕大，而是身形偏小，四肢偏细，肩峰偏高。据说是山区特有品种，学名就叫"皖南牛"，能兼作旱田水田，善于爬坡觅食，行动敏捷，性情温和。徽州山岭绵延，河溪交错，地形复杂，所以牛蹄多黑色，而且硬得很，最能涉水攀崖。牛的毛色橘黄，背线略深，如同徽州的所有，是一种特别入画的颜色。

篁岭因"晒秋"闻名遐迩，村落以"天街"为名，据说商铺林立，前店后坊，招幌飘摇，号称"一幅流动的清明上河图"。但我今晚

※篁岭上的一家甜品店

只能宿在岭下，住的是传统的徽州民居，俊逸的马头墙，小小的一方天井，几株竹木。它们不像城市里的草木，吸纳了一天的汽车尾气和城市废气，到了晚上便是一副恹恹的样子。乡村的花草树木，即便是在阳光收尽的傍晚也一样朝气蓬勃。

篁岭下的"岭上人家"说是传统民居、乡村旅店，但内里的装修和设施都很现代，虽然谈不上一应俱全，但是"二十四小时热水"和"无线 WIFI"，这两种年轻人旅游所必须之条件，是提供齐全的。旅游带来了新气象，也让人心浮泛，别管是卖吃的、卖喝的、开旅店的、开饭店的，都有些急躁。也难怪，这旅游旺季，客来客往的。

乡村的夜如期而至了。一盏两盏，如豆的灯火渐次燃起，而客

※ 不在季节的"篁岭晒秋"

栈对面的篁岭，渐渐沉入黑暗之中。

我要静待明天的来临，一睹它的芳容，而在此之前，还要从别处来了解它。

篁岭近些年声名鹊起，大有超越传统的油菜花观赏地江岭、江湾之势，可算是婺源旅游做得比较成功的一处了。自然村概念上的篁岭村，隶属于江湾镇栗木坑村委会。受山区地形的限制，村子建在一个陡坡上，真正的地无三尺平，道路蜿蜒崎岖，房屋高低错落。村民们的生活生产资料，大部分要从山下往上挑。由于严重缺水、生活不便、房屋年久失修，篁岭逐年空心化，有着数百年历史的晒秋农俗，也将要随村落的消失而消失了。为了改变这一现状，更是

※ 天街

为了寻求一条特色发展的途径，婺源投资三亿元打造了篁岭景区，开创了独有的"篁岭模式"，通过市场经济杠杆，以"古村产权收购、搬迁安置结合古民居异地搬迁保护"模式，在保护性开发中完整地保持了古村文化的"原真性"，仅一个"篁岭晒秋"，就使婺源篁岭声名远播。"晒秋"便是指每到金秋十月，收获季节，篁岭村的房前屋后，遍布了长长的木杆托起的圆圆的竹簟，竹簟里满是粮食。想想便知，徽州黑白水墨般的景色里，点缀着灿烂如火的丰收景象，那情形肯定是又入世又脱俗，绚丽极了。

想到这里我有点遗憾，其时离十月还早，果然观油菜花与观晒秋不可兼得。不过篁岭最厉害的还不止这一点，它在景点规划上还有一项壮举，便是将所有岭下的老房子都搬迁到岭上统一保护、统一利用，正是因为这件事，使"篁岭模式"具有了特殊的意义，因为它既保留了老去的历史，也给现代社会留出了发展空间，不，应该说是创造了新的发展空间。"篁岭模式"留住了旧日乡村，也留住了古老徽州的"家"。这实在是一项大胆而创新的举措，也让我对它更加好奇了。

第二日醒来，是个晴天。

一早上山时，便觉得篁岭名不虚传，游人何其多，简直与江岭江湾不相上下。

至于风景呢？我感觉与婺源其他旅游景点差别不大。我这样说，并不是在诉说我的失望，实际我并不失望。这毕竟是创新的尝试，将整个篁岭打造成了一条建筑古老、风格现代的商业街。比如上山有索道，给游客节省上下山的时间；之后是购物点，解决游客的购买欲；后山的油菜花则是给扛着长枪短炮的摄影爱好者以用武之地。一切都考虑周到，十分完备。

从山下搬来的老房子，有一部分改造做了商用，更多的则在维护中，不允许游客参观。天街的确商铺林立，卖什么的都有，很多与徽州无关。有一家装修时尚的咖啡店，外墙上贴满了密密麻麻的许愿纸。古墙和彩纸，这场景十分时髦，于是就有年轻女孩举着"自

※一队韩国游客

拍神器"与它们合影。游人们大多提着购物袋，看起来十分满足。

有孩子赤足在村道上奔跑，他们的脚心大概还是第一次接触土地，所以又喊又叫的，非常快乐。

他们欢笑着从我身边跑过，然后把快乐传染给了我。

我觉得这是我几次来婺源中，最有游客心态的一次。在天街一家小铺子里吃了豆腐脑后，又兴致十足地去找看晒秋的台子。那是篁岭景点规划中一处专为游人观赏晒秋辟出的高台，上面特意架设了望远镜。虽然五月并不到晒秋的时候，但是景点管理处还是很贴心地弄了些东西放在竹簟里晒。

是些什么呢？我记不清了，只记得红红黄黄的也很好看。

不大的台上不时有游人上下，忽而听得耳边传来一阵清脆的铃铛声，低头一看，一只小狗在众人脚下窜来窜去。

我记得这只小狗。它是随一队外地游客来的，他们一行六七个大人，两个小孩，此外还有这只小狗。从合肥出发后不久，我们就在一个高速公路服务区相遇了。此后我们又数次相遇。昨晚，又恰巧一同宿在"岭上人家"。

晚饭的时候，他们大声谈笑着下楼，院中并排停靠着我们两队人马的两辆车，他们的大型商务车前挂着"皖F"打头的牌照。我知道，他们是我真正的老乡。

※ 篁岭客栈的"标配"

其实不必看牌照，一听口音就明白。他们大声谈笑着下楼，又大声谈笑着占据了一楼餐厅最大的一张桌子，在游居在外的简陋环境里，依然有着推杯换盏的好兴致，叫了一箱"啤的"，又开了一瓶"白的"，男女都豪迈地喝。

这是我的家乡人，走哪儿，哪儿就热热闹闹的。

小狗是他们中一个年轻女孩带的，两个巴掌长，也不拴绳，脖子上挂个铃铛，任由它在众人脚下乱窜。那时她正夸着刚刚上的一道豆腐好吃，领头的大哥似的人物听了，就说："好吃再上！"于是他们的菜源源不断地送上来，衬托着角落里的我们两个人、一道菜愈发凄凉了。

我明白八面玲珑的老板娘也有顾不过来的时候，于是不会去为难她。

等菜之际，又有些不甘心这样的寂寞，就竖起耳朵听他们讲话，带着妄图掺一脚到热闹里的心态。这一行人，不知是不是做生意的，行为处事中给人一种很阔气的感觉，比如他们谈话里，就提到一些商铺啊、商品房之类。

有一个就说，某华府的房子划算，比某家园好。另一个说，鬼！都不如某某湾那边！

我不知道我家乡那个缺水的城市，如今新修了个什么湾，只是被这陌生的地名打击到失去了听下去的勇气，只有低下头，专心去吃面前见了底的菜。

那道菜是鲜笋炒咸肉。我记得笋的味道是初入口鲜甜，回味有些苦涩。

现在，眼前这只突然出现的小狗勾起了我的回忆。抬头果然看到昨晚那个女孩，她站在游客堆里，也在尽力向外看，神色不像昨天那样的明朗大方，而是略带一点迷茫的，不知是不是被眼前的美景所震撼。她指着对面那一片的色彩缤纷，赞叹说："是比我们那儿的好看啊！"

我不同意她的说法，虽然我已经很久没回过家了。

去年十一去徐州，途中经过我的家乡，远远地看了几眼。山的形状被常年的开山采石弄得越发奇怪了，然而我还是认得它们。

我们那儿的山都是石头垒成的，覆土很浅，能在上面生长的都是最倔强、最粗糙的生命。比如有一些矮矮的松，此外就是漫山遍野的茅草。偶尔有一两颗沙枣树，但是这种沙枣树没有叶子，又矮，又遍身是刺。

我喜欢它们是因为它们生果子。虽然它们的果子还没有别个的枣核大，而且是深褐色、干瘪的。

小时候，我看到这些果子就要摘来吃，干瘪的果实里只有一个核，

※ 卖花环的小姑娘

每次都是吃了一嘴的枣子皮，再"呸、呸"地吐掉。唯有一次见到

一颗鲜红饱满的，我连惊喜都来不及，立刻小心而急切地摘下放到口里了。

那滋味是我以前和以后都没再尝过的甜，以至于站在这熙攘的天街上想了一想，我就幸福地流泪了。

尾声

　　我来篁岭后不久，徽州也发生了一件大事，先是《人民日报》著名文化记者李辉，在微信公众号"六根"上连发三篇谈"徽州复名"文章，在文化界掀起轩然大波。随后《人民日报》官方微博，发起了黄山"复名徽州"的网络投票，超过七成的网友投票表示支持，迫使黄山市民政局局长最终做出"复名调研"的承诺。这成为2016年4月里一个重大文化事件，国内重要媒休对此均进行了大量报道。"徽州复名"本是一个地域性事件，为何会引发如此强烈、广泛和持续的全国舆论关注？值得思考。改革开放以来，中国经济高速发展，城市文明迅速覆盖乡村文明，不仅城市建设千城一面，新农村建设也是千篇一律，承载地方历史和地缘文化的地名，纷纷让位于经济发展的需要。徽州就是在这样的背景下，改叫了"黄山"的名字，以主打"山岳旅游"这张经济牌。而黄山之景也不负盛名，我想没有哪个中国人不知道"五岳归来不看山，黄山归来不看岳"的诗，确实，黄山集三山五岳之美，被联合国教科文组织列入"世界自然和文化遗产"名录，给出的评语为"格外崇高"，其奇松、怪石、云海、温泉、冬雪，并称为黄山五绝。但黄山显然小于徽州，黄山的概念显然小于徽州的概念。这一改不仅把灿烂的徽州文化：徽菜、徽剧、徽商、徽雕、徽派建筑、新安理学、新安医学、新安画派等，统统抛弃掉了，还造成了地理上的混乱。不仅外地游客理不清"黄山市""黄山区""黄山景区"之间的关系，就是黄山人自己，也深深陷入身份认同的纠结。就不断有人提出"徽州复名"，三十年间从未中断，与"婺源回皖"一样，几度形成民间话语浪潮。尤其是在徽州这样学术气氛浓厚的地方上的文化人心里，是一道不能愈合的疤痕。

　　几次陪同我们的婺源县文化研究所的洪所长就是其中一位，他致力于保留婺源的传统徽州文化，一直在做乡间田野考察的工作。回去的前晚，他为我们送行。席间，我让与他同来的他的小外甥女背诵《朱子家训》。听我这样说，她舅舅立刻鼓励地看着她。小姑娘则有些紧张，回答问题似的端正地站起来，嗫嚅了好久，又红着脸坐下了。

　　在朱熹的故里江西婺源，当地教育部门与学者联合编写了《朱子家训选读》，并列为地方中小学教材。2015年婺源紫阳中学和朱熹中学，还共同举办了三千学子齐诵《朱子家训》的活动。

下午一起乘车，我想起网上看到的这个事，就问小姑娘会不会背。她说会，是"学校要求的，人人都会"。我当时和她说好要背给我听。可是叫她背时她不背，大概是当时大家的目光太殷切，让她害羞了。

散席后各自等车，她突然跑到我面前说："我背《朱子家训》！"继而大声背道："黎明即起……"

她背得飞快，还没等我反应过来，就红着脸跑走了。

现在回想起来，我还是只能想起"黎明即起"这四个字。而对于这个方姓小朋友来说，她背书的熟练程度，让我怀疑即使她到了我这个年龄，也能够一字不落地背下来。她完成了这项任务就很满足地跟着妈妈回家了。今晚，她可以睡在自己家。她随舅舅在婺源县城读书，一周回来一次，所以像这样能够偶然回家见妈妈的日子，对她来说是个惊喜。

她大概还不明白什么是家乡。对于这个生于斯、长于斯的小姑娘来说，心里还没有更深刻的关于"家乡"的概念，她心中最遥远的距离，或许就是从清华镇到婺源县城的这段路了。

她会像小鸟一样飞出大山吗？如果飞出去了，她会记得漫山遍野的油菜花吗？难说，古往今来，徽州游子多矣。但不论去到哪里，我想她一定不会忘了《朱子家训》。

我挺愿意同她聊聊，因为觉得她害羞的样子与我小时候有一点像。虽然油菜花那一种很淡、很淡的清香的味道，与我的沙枣树不同，但我的家乡也有一座座大山，漫天的蒿草在秋日里也如油菜花一样金黄。

小女孩儿，你知道吗？在这异乡的夜，能够见到你真好。

愿你有一个美好的前程，而我明天又将启程。回去的路上，婺源以最大的善意送别了我这个挑剔的游客。已是春末，油菜花依然盛放。

我坐的车从一座一座大山的腹心中穿过。而远处的山们，安静地与我对视着。

这是整个徽州最美的时候。

春深，如海。

　　采访过程中，多次得到婺源县文化学者——婺源县文化研究所洪玄发所长的大力帮助，在此特别对洪所长表示感谢。感谢婺源县清华镇的方瑜小朋友。感谢婺源县许村镇程月仙大姐，以及考水村胡金文老先生。感谢摄影家徐殿奎、刘新义、董华、王峰、刘玲玲、王六玉、何凤、俞爱华、黄岚、戴照、王达宁、杨宁生提供部分摄影作品。